東方搜神局

天火傳

劉德華　主創
吳家強　張志偉　曹志豪　著

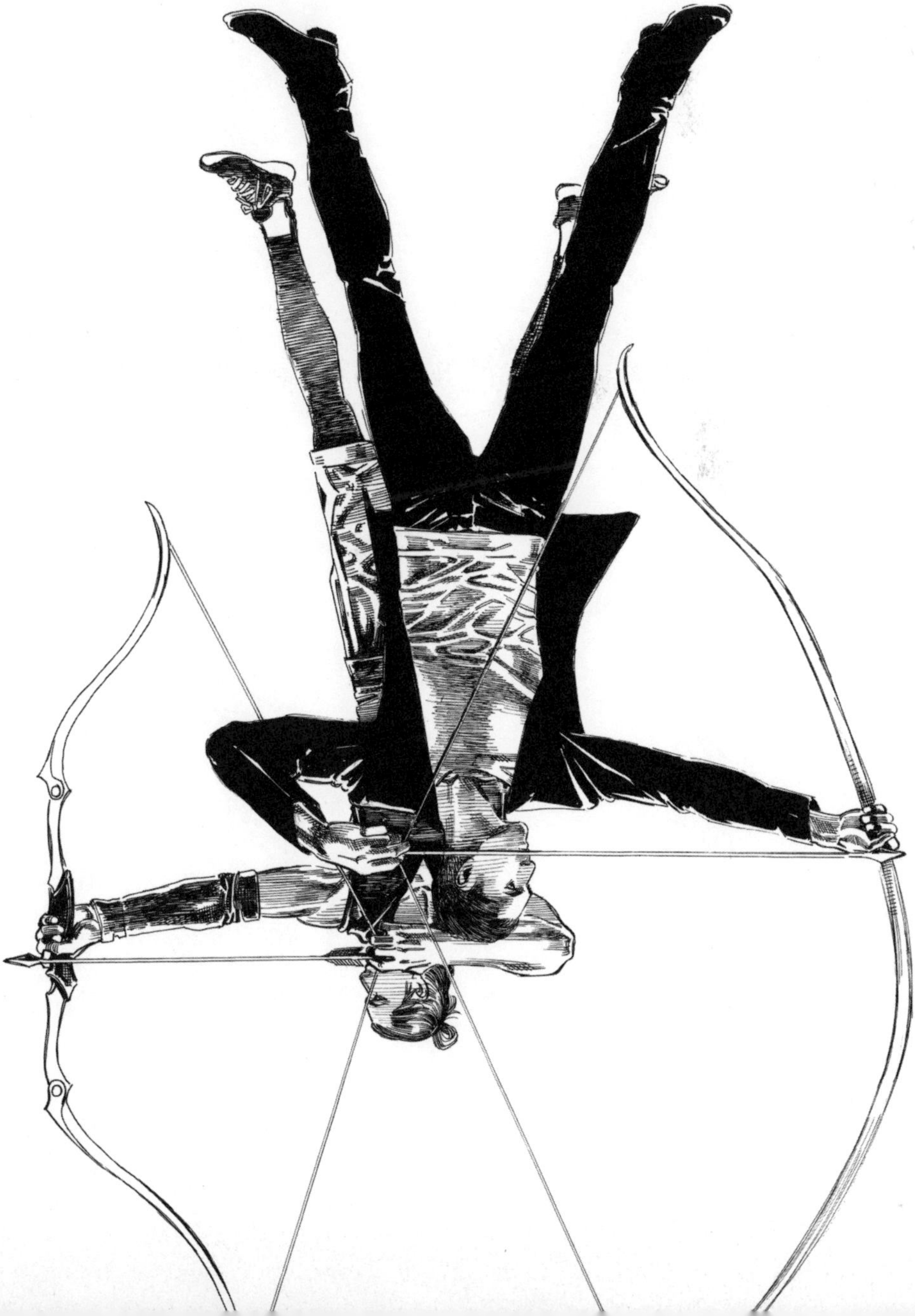

前言

《東方搜神局之天火傳》緣起

《東方搜神局》

華文科幻世界的夢、
亞洲超級英雄的夢、
我心裡的……夢。

「夢造者」，
一群做夢的人，
尋找夢、追逐夢、締造傳奇。

《天火傳》緣起

宇宙萬物都是有聯繫，月亮圍著地球運轉，引起了潮汐！

每當哈雷彗星、九星連珠造訪地球之時，總會出現讓人驚嘆的奇特現象。時間推移，這神秘現象依舊不斷在重演！

一九八六年，世紀彗星「哈雷」、「九星連珠」又來了！又接近地球！

我深深被隕石的神秘，完完全全的吸引了！

時至今日，這些看似只能在小說、漫畫或電影上出現的橋段，原來絕非不可能發生！

NASA在二零零四年已發現有一顆直徑約三百三十五米的小行星，以隕石的姿態威脅著地球的安全，科學家今年更公開表示，這個對地球來說一點也不小的行星，預料會在十年後、即二零二九年的四月十三日最接近地球，更巧合是，當日正是被西方社會認為是不祥之日的「黑色星期五」，那麼隕石只會在地球邊緣擦肩而過，還是直接碰撞？

我不禁在想，無限大的宇宙，隕石和地球是冥冥中註定產生了連繫？還是？

佛陀智慧曰，人性的思想、感情、萬象，了然覺悟後！

一切皆有其獨特的軌道、一切皆有篤定的條件、一切萬物在合和下無形成事，乃為「因緣」。

大約六千六百萬年前，地球上的恐龍突然滅絕，是隕石撞地球有關？還是一種足以改變世界的因緣際會？

相信你會好奇，為什麼我會選擇用隕石撞擊地球作為故事的緣起？不必好奇！

和我一起追逐我追逐的夢！

和我一起追逐以中華五千年為基礎，整合中國華夏不同地域、融匯亞洲的民族神話的一個夢。

在《東方搜神局之天火傳》，隕石又一次如過往由行星墜落而成，在地球除了造成巨大石坑之外，也導致各種意想不到的可能性！

人類又面對隕石的另一次碰撞！

人類又面對足以改變地球命運的連鎖效應！

人類是不是只能接受了？

歷史印證了，人類是絕對拒絕認命的。

緣起、緣生、緣滅，一切都在變！

正因為變，才有扭轉命運的空間！

你、我、他，

只要願意，都可以選擇改變不能改變的種種！

若你喜歡尋找夢、追逐夢！

請跟著這故事所引發的每一步，以不同姿態延續下去，讓追逐的夢再不是夢，而是用夢編織成一個一個屬於華文世界科幻英雄真正的傳奇。

劉德華　二零一九初夏

目錄

第一回

黑隕石

在「牙醫陳四金」的招牌下，年輕的警察快步前來簽簿。

陽光照在頭頂，涼風仍帶點濕氣，他盡責地填好該填的資料。

而與他巡邏的同僚正在兩個街口外的老字號冰室，品嚐著馳名的檀島咖啡和出爐蛋撻，看看報紙的夜間賽馬預測，盤算如何在晚上一擊即中。

年輕警察恰巧聽到背後的士多傳出了電視台的新聞報道：「……中、英兩國政府達成清拆九龍城寨的協議……」

這一天是一九八七年一月十四日星期三，也是年輕警察擔任巡邏隊員的最後一天。

他追尋的正義，就像面前的九龍城寨一樣，在此刻宣告崩塌……

三不管地帶、罪惡之城、魔窟、無法無天的國度……全都是九龍城寨響遍國際的惡名。這幅六英畝半（約二萬六千平方公尺）的土地上有著五百幢非法建築大廈，住著一萬二千多戶約四萬人，縱橫曲折三十條街，佈成了一座不見天日的立體迷宮都市。

許多人都遺忘了它原名叫「九龍寨城」，也遺忘了其所有惡名之根植於一八四七年。當年，清帝國派將領到九龍村原址建寨築城，防範佔領香港島的英國軍隊。其後，香港主權易手英國，二戰期間又遭日本皇軍佔據。戰後，大量難民湧入了這個積累罪惡和歷史創傷的小城，自組寮屋區。往後三十年，樓房向天發展，一幢又一幢，加建又加建，直到上天看不見城內的罪業為止。

因為香港政府大力發展九龍寨城周圍的地方為「九龍城區」，為方便管理地區劃分，所以改稱九龍寨城為九龍城寨。

一星期後，午後四時的陽光照過九龍城警署的大閘。不用穿著制服的陽天，開始習慣從失物處理部的窗戶看著這情景。距離下班還有九十分鐘。

這丁方五十尺的辦公室，像是囚禁他的牢籠，他的警察編號像換成了囚犯編號。每天朝九晚五時半，他要處理的是面前大大小小的失物。

兩星期前的晚上，陽天還在九龍城寨內追捕一個通緝了兩年的「省港旗兵」，二人在暗黑的窄巷中糾纏。

那個通緝犯因為上次持槍打劫銀行得手了，食髓知味，再次偷渡來港，潛伏城寨內的空置住宅，準備再幹一大票。很不巧，就在他吃過宵夜回家之際，便迎面遇上單獨巡邏的陽天。

最後，陽天負傷拔出了手銬，將這頑強拒捕的通緝犯給鎖在城中的公共水龍頭上。

警署內，通緝犯一言不發，肥胖的重案組探員盤問不果，便把犯人鎖進拘留室。陽天在剛才的行動中撞傷了左手，本應等待救護人員前來治療，但見肥探員的做法有點不妥，便提出通緝犯可能有同黨仍潛伏在老巢。

肥探員叫陽天不要多管閒事，犯人已由重案組接手調查，陽天只需要寫好報告交給他就夠了。於是，陽天一言不發，離開警署。

天亮之前，重案組的電話響起了。原本當值的肥探員已下班，由另一位穿著涼鞋路過的反黑組探員打著呵欠來接聽，是陽天致電回來，「師兄⋯⋯那個犯人的竇口，在文興樓二樓⋯⋯單位內有一支黑星手槍、兩匣子彈⋯⋯但沒有其他黨羽⋯⋯」

早上九時，陽天受到巡邏隊目嚴重警告，因為他昨夜逐幢大廈、逐層逐戶搜索，滋擾居民安寧。

雖然陽天立下了大功，但這功勞卻歸於陽天的上司，史密夫分區署長，年過五十的英國人，署內的同僚們暱稱他為「鬼頭」。

陽天從香港仔調至九龍城近半年，儘管他盡心盡力維持正義、保障市民生命和財產安全，史密夫總是看不上眼。「這新人只會做事，不會做人。」

每次與陽天巡邏的同僚常勸他多陪史密夫吃晚飯，聽聽這鬼頭如何在自己的勢力範圍大刮特刮，準備捲款回老家退休。可是，陽天永遠不會出席飯局。結果，理你是青年幹探、罪惡剋星，也要被調到失物處理部學習做人。

陽天仰望天花板，白色吊扇以逆時鐘方向旋動，像是任時間在逆流，流到陽天腳下的平地仍是千尺高山的時候……

一顆巨大的黑隕石穿破地球的大氣層，直撞而下，數不盡的大小生命化成飛灰，與砂土直沖天際，引致日月無光。

過了千百年，一切回復平靜。粉碎的黑隕石，大大小小嵌在深逾千尺的隕石坑內，被天空的砂塵挾著雨水給掩埋。

又過了幾千百年，大洪水從四方八面洶湧而至，直灌隕石坑。水平線升上千尺，形成一個大海，分隔兩邊高山成為對岸。

「這就是香港和九龍的形成。小子，你相信嗎？」

星期三，一位愛穿涼鞋、體格魁梧的反黑組前輩這樣告訴陽天。

星期四，這位樣子看似近四十歲的反黑組前輩又告訴他，宋帝昺棄九龍福地離開的祕密。

這星期以來，每逢陽天下班前十五分鐘，這位前輩總會帶一件失物過來，包括染血的女裝手袋、佈滿爪痕的男裝外套，以及一些日本軍票和清代古錢……全是他在九龍城寨行動時所拾到的。

在陽天登記失物時，這位姓孫的前輩便東拉西扯找話題。陽天偶爾會禮貌地點頭回應，或是說句「喔，是這樣的嗎？」漸漸地，孫姓前輩卻開始說出一些連小學生也不會相信的故事，令陽天懷疑對方是否受壓力過大而胡說八道。

每當這位前輩問「小子，你相信嗎？」陽天便會「嗯嗯」兩聲回應，第一天如是，第二天也如是。

就在今天星期五，這位前輩跟陽天說：世界末日不是在一九九九年——

陽天未待他說完，便插口：「要是我能像你那般在外面執法，我就會趁九龍城寨清拆前打擊『城寨四天王』，不讓他們的罪惡擴散到其他地區！」

所謂「城寨四天王」，就是統治九龍城寨的四大幫會，全香港的黃賭毒黑之源頭。

突然，陽天額前出現了點三八手槍的槍咀。

孫前輩秒間拔出警槍，從容地說：「怎麼了，你當我孫行土是誰？」

陽天此刻才知道這位前輩的全名，因為整個警署沒有人敢直呼其名，只叫他「老孫」。

孫行土不屑地笑：「我再問一次，小子，你相信嗎？世界末日不是在一九九九年……」

說時，槍咀沒移動半分，依然貼著陽天的額前。

陽天露出不服神色，左手徐徐握住孫行土佩槍的槍管。

孫行土大喜：「喔，你相信了，是吧？」

十六世紀，法國預言家諾斯特拉達穆斯在著作中寫道，一九九九年七月，恐怖大王從天而降，安哥爾摩亞大王重臨，戰神以幸福的名義主宰世界。

但就算是著名的大預言家，也看不透一九九九年的真相……

陽天大力甩開了孫行土的手槍，大聲說：「甚麼世界末日、一九九九，市民得不到警察保護，比世界末日更慘！多我一個，便多一分力！」他心內怒火越說越烈，更大聲說：「終有一天我會走出這房間！終有一天，我陽天說得出做得到！」

孫行土放腔大喊，邊說邊濺口水花：「你走出這房間，就可以做得到？」

陽天沒有回答，沒必要證明給誰看。

「小子，拿它去指著那正忙著撈錢回老家的鬼頭，告訴他你剛才那番話！」孫行土把手槍塞進陽天的手裡說：「萬事有我在！」

陽天不理是真是假，至少有孫行土了解他未熄的熱血，便把積累了一星期的悶氣都傾吐出來：「Yes Sir！」

二人對望而笑。

翌日上午，陽天獲准離開失物處理部，因為史密夫分區署長正式下令，警員陽天被革職，即時生效！

兩個月後的圓月夜，九龍城的四海酒家，陽天穿著剪裁貼身的西裝外套推門而入。今

晚，他只要得到「東天王」的點名，便可正式成為「東天王」旗下有編號的成員。

陽天被革職的頭一個月，成為了無業遊民，每天都混在九龍城寨的非法賭檔，親身了解「城寨四天王」的真正實力。

自六十年代末，九龍城寨由寮屋區陸續改建成密不見天的大樓，盤踞當地的眾多幫會不止勢力日增，互相吞併之聲亦此起彼落。勢力最大的四個幫會，江湖人士便以民間神怪小說《封神榜》的「四大天王」尊稱。

四天王之名日夜更迭，時至今日，城寨將拆，卻是四天王鬥爭最激烈的黃金年代，令這個日本人稱為「魔窟」的地方起了極大變化。

「東天王」秦豪，年屆七十的城寨皇帝，德高望重，受黑白兩道景仰，無人敢染指其位。

「南天王」彭博，二十有五，在美國修讀商業管理碩士回香港，繼承了父親留下的爛攤子，正實行幫會企業化。

「西天王」笑面虎，剛過四十。十年前來城寨插旗，行事夠辣，雖是四大王中最弱的一個，但打拚動作最多。

「北天王」呂烈，霸氣壓人，創幫二十年，仍屹立不搖。可是，眾所周知，在呂烈背後還有更厲害的人在，其身份極為神祕。

之後的一個月，陽天通過不同渠道，靠近了勢力最強盛的「東天王」圈子。要混黑道，除了能打，還需要知道兵如何捉賊，陽天可謂最佳人選。若不是這樣，孫行土不會將陽天調職成臥底警員，滲入這個三不管地帶——就連天也不敢管，誰敢來管？

陽天身在其中，目睹許多不公的人和事，永遠只能藉著拳頭和怒號，掩飾無法宣洩的正義。身上濺出的每滴鮮血，都是叮囑自己不忘任務所在，沉著應戰。

今晚，只待陽天正式與秦豪這位城寨皇帝握手，便能繼續向上爬，藉此查出「東天王」與其他三天王種種非法勾結。可是，香港政府已公佈將分開三期清拆九龍城寨，即一九八八、八九和九三年。時日無多，陽天必須爭分奪秒。

筵開五十席，「東天王」秦豪在龍鳳爭珠的大壁畫前說出一番豪氣話。

「人生七十古來稀，『城寨皇帝』之名是各路英雄給的臉子而已。面對大時代改變，不進則死……」陽天袋中的小型錄音機，錄了十分鐘，當中包括全場掌聲、笑聲和喝采聲，但錄到這番豪氣話的最後一句時，陽天險些把錄音機一手捏碎。

「今晚我喝過手上這杯酒，『東天王』正式走出城寨，在外面成立企業集團，進軍地產界！」

秦豪豪氣舉杯，全場起哄。

陽天就連站起舉杯也沒有力氣，因為這個多月來的刀光劍影，他完全白費了。

然而，陽天卻發現在鄰席上坐著一個冷臉的男人，也像他一樣木無表情。

九龍城寨雖佔地不廣，但大廈與大廈之間的密度卻是世界第一，兩幢大廈的居民甚至可以從窗戶伸手互握。地面的通道宛如迷宮，曲折不平，要在這裡追蹤一個人，非有專業的追蹤術不可。

在「東天王」的金盤洗手宴之後，陽天便開始追蹤那個冷臉男人。至少，他直覺地認為，那男人也是懷著某個目的而加入「東天王」。究竟他目的何在？

陽天袋中的小型錄音機繼續在錄音。「從東頭村道進入城寨的大井街」、「沿路轉入大井四巷」、「跟著左轉，前往崇義巷」……迷宮地圖早烙在陽天的腦海裡，此刻細心記錄著每一個細節——這是證供，不容有錯。

冷臉男人輾轉繞了幾條小路，來到一條死巷，前無去路，只有頭頂兩尺多寬的大廈隙縫。陽天慶幸對方自投死巷，不用再浪費時間。

陽天急步衝前，伸出左手朝那男人後頸施展壓制術。這是警察學校所教的壓制犯人的技術，陽天至今沒有忘記自己的身份。若是一招制敵，陽天便可通知孫行土來接走這男人。

呼！陽天左手環扣男人的頸項，右手按住他的後腦直撞向前面的牆壁。砰！陽天進一步以身體壓迫，男人完全被制服，動也不動。三秒內，完成了這招。

陽天退開兩步，男人的頭部沿牆壁滑下來，拉出一道血線。由於月光照不進這死巷，現場只有幾點忽明忽滅的鎢絲燈光，令陽天察覺不到那道血線並不是尋常的顏色……

陽天上前搜查男人身上有沒有可疑物品，卻聽到他發出咕嚕咕嚕的聲音。陽天大喝：「你在說甚麼？」

突然，那冷臉男人的頭部竟然一百八十度轉過來，眼睛反白，清楚地說：「是黑隕石元素的…味道……」

黑隕石？陽天第一次聽到其他人說出「黑隕石」這三個字。

忽然，有一股震盪空氣發出的聲音，嗡嗡直侵入陽天的大腦，令他陡然停止動作。奇怪的是，眼前那男人的冷臉奇異地凝成冰層……是幻覺？是真實？

電光石火間，陽天舉起右拳，就似上次怒捉通緝犯時舉起手銬那樣，不顧生死地揮下去，重重打中那男人的左臉頰，擊出點點冰花！

同時，陽天的整條右臂被凍氣入侵，瞬間滲入皮層，肌肉和筋骨皆不受控制。

冷臉男人一邊散發著凍氣，一邊搖頭生出多支尺長冰針，直靠陽天驚訝的臉部，說：「殺你之前，先洗去你大腦所有記憶，不許留下絲毫痕跡！」

冰針插入了陽天的頭部，通過腦神經線，放肆地闖入陽天二十年來累積的記憶。

——一位七歲的男孩與一群年齡差不多的同伴，一起攀越孤兒院的圍牆。為首的同伴露出微笑：「外面，才是人住的地方。」

——鑽石山的貧民木屋區，男孩已經九歲了。他不怕勞苦，與大人們一起送石油氣罐到每家每戶。沿途，街坊們都對男孩打招呼。

——早上，鄰近木屋區的小公園，男孩向坐在長椅上咬著香煙的老師傅拱手敬禮，然後緩緩打出太極拳的「單鞭」，「退步穿掌」……黑中有白，白中有黑，不止是太極陰陽共生之道，也是人類在艱難環境下的生存之道。

——男孩快十一歲，雙手的拳頭已打得出血，面前是手拿菜刀的瘋漢，背後是受驚的婦孺們……砰！警察來了，開槍制服了瘋漢。警察問男孩叫甚麼名字。男孩無父無母，自小只有一個暱稱「孤兒仔」。聽後，警察笑說，男子漢大丈夫，要有一個正式姓名。

——到了十一歲，他需要一個姓名，用來申請兒童身份證。九龍城侯王廟的盲公用六個銅錢為他起名。「六個銅錢皆正面，六爻同屬陽，乾卦。你孤兒一名，可以考慮乾屬陽為姓，乾屬天為名。」

——在兒童身份證領取中心，名為「陽天」的男孩難忘那位女孩純潔的微笑——

突然，記憶片段如冰山崩塌，紛紛碎落，現實重現陽天面前。

「陽天，醒啊，我們收工了！」地點是死巷，時間是深夜，人物是孫行土？

陽天有點頭痛，問：「我怎麼了……剛才明明追著那個冷臉男人來到這裡……」

六爻皆陽，即周易六十四卦的乾卦，易道創生之根源。《說卦傳》：「乾，健也。」又，《象傳》：「天行健，君子以自強不息。」然，君子過高、剛強好勝、頑固為大忌。

「小子怎麼了？」孫行土拍拍陽天的臉，答：「那傢伙嘛，看那邊！」他的右手很冷，冷得有點奇怪。

陽天只見地上有些冰塊已融化成水灘，徐徐流入路邊的溝渠。

「我一拳便收拾了他，現在變成一灘小便。」孫行土說得輕鬆，卻暗暗擔心陽天被那傢伙抹掉了剛才一小段記憶。

陽天疑惑地問：「老孫，你在耍我嗎？他到底去了哪？」

孫行土拍拍陽天的肩說：「你想太多了，來，陪我吃宵夜！試過上環的潮州打冷店沒？」

雖然陽天甩開了孫行土的手，不過他的腳步仍是跟著這位拍檔走。

因為陽天想知道真相。

此刻，陽天袋中的小型錄音機，剛錄盡盒帶的A面，卡嚓！

父親的弓

第2回

MMXX

二零一八年一月十四日星期日，香港的天氣持續寒冷，但在海洋公園附近的室內運動館裡，「全港校際射箭獎盃賽」的賽前氣氛卻非常熾熱。

全香港的中學都派出了射箭精英出戰，每個學生選手都如箭在弦，所有人的眼睛皆瞄準著獎盃桌上的最高榮譽。偏偏在這時候，有人提著一把古舊的弓進入場館，搶走了他們的焦點。

大家皆抱有疑問：明明比賽要用上大會指定的弓和箭，何以這人會提這種爛弓前來？

人是南區那所建在瀑布之上的基督教中學的兩位選手之一，姓陽名昭，剛滿十八歲。

弓是輕巧的狩獵弓，長約一公尺，古舊的外表足見其經歷豐富，而且在握弓的位置上用小字刻著一句話——「要有射下太陽的勇氣」。

其他名校的富家子弟，紛紛向陽昭和古弓投以不屑的眼神。陽昭則不以為意，握著手中的弓，躊躇滿志，露出自信的微笑，想不到射箭漸漸地改變了他的世界……

古弓是陽昭與父親唯一的回憶。

父親握著兒子的小小手臂，一起拉弓射箭。

父親循循善誘地說：「看準啊，一、二、三，放！」

啪！一箭射中掛在樹幹的箭靶靶心。

兒子抬頭望著父親樂了，父親亦滿足地笑了。

父親帶著溫暖的微笑，撫摸兒子的臉蛋說：「陽昭，射得好。」那明明是父親的非凡箭術所致。

父親抱起兒子，往箭靶處去拔箭……

這段回憶沒有之前的，也沒有之後的，因為這只是自出生便失去父親的孩子，抱著父親遺下的古弓所作的幻想。

陽昭在成長路上，與母親相依為命，只看過三數張父親年輕時的生活照片。父親是位反黑組探員，在陽昭出世前三個月，於一次行動中英勇殉職。母親絕少在兒子面前談及父親，陽昭有一次借故追問父親的事情，母親便拉著他的小手來到儲密室，並打開一個長形木盒，內裡有一把古舊的狩獵弓。

「這是父親的遺物。」母親說得冷淡，本想再說下去，但淚水已流到她的唇邊。

從此，陽昭變得沉默寡言，因為他不想讓母親繼續傷心下去。

踏入中學，陽昭沒有甚麼朋友，直至高中時轉到現在這所中學，才開始有了改變。在學期初，各類課外活動都招募新生加入，陽昭下意識地取了一張宣傳單，是箭藝社的。

箭藝社成員葉勤，這位剛升上中五的男生隨即熱情地帶領陽昭參觀箭藝社。

陽昭從未學過射箭，只是見到社內的弓和箭，便有一種莫名的親切感。他隨手取了弓箭，並想起古弓上刻著的那句「要有射下太陽的勇氣」，漫不經心地拉弓把箭一射，竟中了紅心。

「陽昭，射得好。」這把聲音讓陽昭身子震動了一下。

沒可能的，從來只有他幻想過父親對自己說出這句話。陽昭回頭一望，張大了口，面前只見箭藝社的洪老師。

「陽昭，你以前有否學過射箭？我看你蠻有天分哩。你注定是箭藝社的人了！」洪老師甫見陽昭，越說越興奮。

葉勤隨即笑說：「陽昭，以後我便是你的師兄了！」

自此，陽昭加入了箭藝社，全情投入學習箭藝，很快便得心應手。他與社內的師兄師姐經常切磋箭藝，慢慢地打開了話題，而葉勤對陽昭照顧有加，二人成為了好友。隨著時間流逝，他脫離了孤獨的世界，漸見開朗。

與此同時，陽昭的箭藝已超越了師兄葉勤，在社內堪稱首位。

到了陽昭升上中五某一天，洪老師宣佈派出他和葉勤代表學校，出戰「全港校際射箭獎盃賽」，這無疑是校方認定了二人的箭藝。聽到這好消息，陽昭內心十分雀躍，並要求帶上古弓到現場，當作亡父前來鼓勵，獲得洪老師許可。於是，他與葉勤擁抱，葉勤卻露出似笑非笑的神情。

校際射箭獎盃賽的更衣室內。

陽昭換過了運動服，竟然發現古弓被人惡意破壞了。一弓兩截，棄在地下。

「是誰做的……究竟是誰做的？」陽昭驚愕，不禁喃喃自語。

一個代表名校出賽的富家子恰巧走入更衣室，站在門前見到陽昭拾起斷弓，便語帶藐視說：「你這把又殘又爛的弓早就應該丟掉啦，還敢拿來比賽，哼！」

陽昭聽罷，眼中閃出怒火，直瞪富家子。

富家子心中一怯，不敢接觸陽昭眼神，隨即說出：「喂，這不關我事啊！是你隊友幹的好事，我進來之前剛見到他匆匆離開了。你們可說是自相殘殺！」

陽昭緊握斷弓，怒火中燒，如箭般撞開富家子，衝出更衣室大吼：「葉勤！」

葉勤正在更衣室外的走廊上逃跑，回頭怨怨的不吐不快：「你怎麼……」一下子便選上……我明明比你……」只因為嫉妒，令他毀了好友父親唯一的遺物。

陽昭視這把古弓為父親的象徵，特地把它帶來比賽場地，彷彿父親與他同在。如今這把弓卻被毀至如斯模樣，陽昭驀然生起無比心痛，帶著強大的怒氣追趕葉勤，全身發滾，雙手掌心竟突然冒出火舌！

一股異能從陽昭的掌心爆發，把手中的斷弓焚燒起來！他雙手發出火焰，所經之處都被波及，火勢迅即蔓延至整個走廊和更衣室。葉勤及富家子目瞪口呆，在附近的老師及同學發現，大聲呼救，陽昭一時之間，驚惶失措。

「陽昭，你怎麼啦？雙手著火了！」箭藝社的洪老師見狀大喊。

陽昭並沒理會洪老師，腦海混亂一片，受驚地把老師和同學推得東歪西倒，有些同學被火屑燒傷，他抬頭看到大家受傷，更害怕地拔足狂奔，一直跑一直跑……

陽昭赫然發現自己全身被火焚燒，頓成火人，烈焰沖天！

「呀——！」

突然一聲大叫，令飛機艙內的乘客被嚇了一大跳。他們不約而同朝聲音的方向望去，一個穿著運動服的年輕人全身冒汗，剛從惡夢中醒來。在惡夢中他全身自焚，正是陽昭。

這個惡夢一直困擾了他兩年。特別是身在香港的時候，更會不時夢見。久違的惡夢正好告訴陽昭，他乘搭的飛機已由吉隆坡飛抵香港，準備降落了。

陽昭的頭額流著汗水，心想：「原來已有兩年沒回香港了……」今天已經是二零二零年十月二十七日星期二，他在那次失火意外之後，便被母親安排先後到日本和韓國的中學繼續高中課程，到了今年九月再轉讀馬來西亞的一所大學，巧合地認識了一個身懷異能的年輕人，被捲入了超自然的事件……怎會是巧合？難道這也是母親的安排？

二十歲的陽昭，此時發現坐在鄰座的美少女春風，正目不轉睛地看著自己，一臉可愛模樣，但這似乎是她暗暗取笑陽昭，做了一個大叫大嚷的開口夢。

春風遞上紙巾，陽昭接過並抹去額上的汗水。她微笑，說：「陽昭，你不用擔心，我是奉『虎將一族』之命來照顧你的嘛。」

「虎將」一族，是馬來西亞的森林守護者家族，世代傳承，每位虎將皆是異能英雄，與

傳說的異變狼人「犬牙王」戰鬥不斷，長達千年。

陽昭在馬來西亞留學短短一個多月，見證著同系的男同學林康柏從一個見義勇為的熱血青年，經歷犬牙王這家族宿敵的咄咄相逼，成為了穿上高科技戰衣的新一代虎將。虎與狼，終於在神山爆發終極之戰，陽昭亦剛巧置身其中。

這一戰，陽昭認識了一位特別的女孩「金山公主」羅珊珊，激發了他視為禁忌的火焰異能用於正途，也徹底令他下定決心，要返回香港，查明父親的過去，究竟跟那個神祕的「搜神局」有何關係？

日前，陽昭準備收拾行李回港之際，多年不見的母親聯絡上他。

在視像通話的熒幕中，母親的第一句話：「昭，你好像瘦了一點。」即使分隔了多久多遠，兒子永遠不會忘記母親的聲音。期待已久的來電，收到了卻感到一點陌生，明明該是千言萬語，但他不知如何開口，只得隨便一句：「是麼？妳也好像瘦了呢。我們多久沒見面了？」

母親，五十來歲，是一個考古學家。她長年在外奔波，這數年都在地球的某一端進行研究工作。陽昭不知道她在研究甚麼，只知道母子倆一直聚少離多。

母親想了一想才說：「起碼沒見五年了……是了，我打聽到你在馬來西亞的奇遇哩！」

兒子一呆：「妳怎知道的？」她的本事和人脈，的確可以直通天與地。

母親露出了神祕的微笑：「下回告訴你吧。你正打算回香港嗎？」

兒子回答：「是的，我想知道爸爸以前在香港的事蹟，以及『搜神局』是一個甚麼樣的組織，爸爸是否在那裡和有關人等合作過？」

母親沉默了片刻，跟著說：「好的，你便先預備回香港的事宜，我會安排你到上環的古玩店做實習生。」

陽昭感到奇怪：「實習生？」

東方搜神局

第三回

吃過上環皇后街的潮州打冷，孫行土帶著陽天漫步到荷李活道。陽天雖不常來這裡，但也知道這裡在日間是馳名世界的古董商區。

孫行土咬住牙籤，穿著那對皮製涼鞋，來到夾在長生店和花店之間的古玩店，門口牌匾寫著「點石齋」。

一位休班的便衣警察，一位沒有身份的臥底警察，深夜三時多來到一間已關門的古玩店，到底要幹甚麼？

「剛才的大眼魚和鹵水鵝肉，好不好吃？」甫入店內，孫行土又來考驗陽天。

陽天環顧近千平方尺的店面，有十來幅古畫、廿來個古董花瓶、左邊斜放著一個埃及法老王棺材，櫥窗內擺放一個人高的秦代兵馬俑……這些藏品全都是仿製的嗎？

即使陽天的眼睛在分析四周環境，耳朵還是聽到老孫的問題，便直接回答：「好味，是食材好，不是煮法好。」

孫行土伸手欲與陽天握手，陽天便慢慢伸出手來。握手時，陽天感到這位前輩的手不再冷，而且還帶點熱，有如內心的火山正在爆發。

「恭喜你！你正式成為『搜神局』香港分部的初級特工！」孫行土還大力給陽天一個擁抱，繼續說：「剛才那頓打冷，就是歡迎宴了。」

搜神局？香港分部？初級特工？

陽天一怒推開孫行土，大斥：「老孫，你可不可正經一點！請你尊重我！我是警察！」

孫行土跌步撞到了身旁那尊六手阿修羅像，幸好及時捧著它說：「哎呀，小子，這裡每一件古物都是真品！這不止是佛像，還是一台量子資訊接發器，六隻手是六條天線，接收和發訊都比那邊的千手觀音像好得多。」又說：「我不是警察嗎？但我也是搜神局的高級特工，沒有衝突！」

「甚麼是搜神局？是隸屬香港警務處的祕密部門？還是像廉政公署一樣，是直屬香港總督領導的？」陽天邊想邊說，他直覺地認為搜神局的「神」字，必定是某些重要人物的代號。

孫行土一本正經說：「小子！你可知道你的世界從現在開始，已擴展至宇宙的另一邊！」

搜神局，是一個起源於東方，成立了超過二百年的國際祕密特工組織，在世界各地都設有分部，主要任務是處理有關外星異形入侵地球的案件。

搜神局成員都知道，「外星人」這名稱只是人類的自大。人類自以為是宇宙間的高等生物，於是對所有天外的高智慧存在都以「人」相稱。倒是一九七九年《異形》電影上映，片中的異形打破了既有的外星人形象框框，它們形態有異，更異於人類。

陽天又頭痛了。「甚麼外星異形入侵地球？」他按著頭，驀感頭皮下殘留著微冷。

孫行土終於說出了真相：「你三小時前在九龍城寨追蹤的那個男人，就是行動目標人馬座A位於銀河系中心，範圍包括超新星殘骸的人馬座A東星、螺旋結構的人馬座A西星，及強烈電波源的人馬座A*。在西星的其中一條恆星軌道上，發現了兩倍於地球、能容納生命的冰封岩石行星。

Z54367890，即是人馬座A星人，冰形態。所以，他死後沒有生命支持，便化成了一灘水。」

聽後，陽天呆坐在店內一張三人坐的酸枝長椅上，抱著頭不敢面對現實，說：「究竟我是不是臥底警員，還是我真的被革扯了？」

「不，你的檔案仍存在我辦公桌的抽屜內。」孫行土說得從容，陽天半信半疑地望著他。

孫行土裝出一張令人放心的臉，說：「你不相信的話，找天我鎖你回警署，拿檔案給你看？」

陽天：「史密夫指派我去做臥底，又是你的傑作？」

孫行土：「哈，我還以為你早已猜到了。你是我觀察了半年的最佳人選。論追犯，你是孤兒，可以完全不要命；論承受壓力，換了一般人，根本不可能在那個失物房，忍辱負重多過一天。你呀，七天！破紀錄啦！」

其實還有很多原因，但男人說話要爽快，一句起兩句止。

最佳人選？追犯，可以不要命；受壓力，忍辱負重七天……

陽天終於找到一個懂得欣賞他的人，該慶幸嗎？

「……我今晚很累了，不想跟你沒完沒了。我們明天再說……」

沒有「東天王」這條線，陽天還要不要繼續混入另外三個勢力？他必須找個空間思考一下，甚麼地方都好，只要沒有老孫這個不知真癲還是假傻的傢伙就行了。

之後，孫行土領陽天到「點石齋」後舖的一道暗門，卡嚓打開，拉下一段木階梯。沿著階梯來到樓上的小閣樓，那是一個二百來平方尺的房間，窗戶對北，窗前有一張單人床。除此之外，只有一堆又一堆的雜物和收藏品。能在古董店內看見的東西，全都在這裡。

陽天心想，只是睡幾小時而已，這個帶點酸味的房間，比自己在土瓜灣租住的板間房寬敞一點。

在陽天踼走孫行土前，這位前輩說了一句話——

香港分部的老規矩：睡過這張床，就是自己人。

甚麼自己人？陽天聽後輾轉難眠。

不少罪犯因為社會壓力，會形成一個讓自己逃避的幻想世界，分不出現實和幻想，釀成種種悲劇式罪行。他擔心孫行土總有一天會出事，例如把槍殺市民，當成消滅外星異形。

無論如何，陽天打算明天早上送孫行土到醫院進行檢查……

陽天想到這裡，眼睛剛巧落在掛在床邊的外套上。

對了，袋中有一台小型錄音機。自他追蹤那個冷臉男人開始，錄音帶的A面就錄下了他每分每秒的聲音。他連忙起床，取出小型錄音機，然後按回捲功能，錄下來的聲音清楚地由揚聲器傳出……

一開始是在四海酒家的「東天王」榮休宣言，然後是陽天跟蹤著那冷臉男人的經過。「從東頭村道進入城寨的大井街」、「沿路轉入大井四巷」、「跟著左轉，前往崇義巷」。

一輪腳步聲。（陽天記得，他正衝向那男人。）砰！（陽天從後制服那男人。）那男人咕嚕咕嚕的聲音。陽天大喝：「你在說甚麼？」那男人：「…有…黑隕石元素的…味道……」一輪打鬥聲。那男人：「殺你之前，先洗去你大腦所有記憶…不許留下絲毫痕跡！」

聽到這裡，陽天的大腦像受了一記重擊。我經歷過這些嗎？我怎麼完全記不起？

之後，有一把聲音加入。「行動目標Z54367890，即是人馬座A星人，冰形態。我孫行土，代表東方搜神局，證明你有傷害地球人類的罪行。」這種向疑犯宣示警察身份般的腔口，不是老孫，還會是誰？

那男人回應：「是他多事！我只不過在『東天王』那邊賺點生活費。…你有打聽到吧，城寨將要拆掉…黑隕石元素…越來越貴……他知道我的祕密，非死不可！」

孫行土激動地說：「…他和你一樣是孤零零在這城市花很大努力，才來到這一步！你不該扼殺他的未來！他是搜神局的希望啊！」

然後，揚聲器傳出孫行土的怒吼，刺耳的冰塊崩裂聲音，還有他大力蹬地的踏踏聲，水濺的微響……最後，是陽天醒來之後與他的對話。

錄音帶捲至盡頭，噠聲停止。

陽天聽得滿身是汗，可以想像到老孫是如何用力揮拳，打碎了那冷臉男人的頭顱，然後用腳大力踏碎他的身軀。冰碎融化成水，徐徐流進溝渠去。

「他是搜神局的希望啊！」

陽天很想知道孫行土這句話的意思。於是他穿回外套，離開小閣樓，回到點石齋，用花瓶的水潑醒睡在酸枝長椅上的孫行土。

孫行土抹過臉上的水，睡眼惺忪，呆問：「小子，你失眠嗎？」

陽天微笑：「快醒，陪我去飲早茶，我有很多事要問你。」

在水滾茶靚的蓮香樓，陽天和孫行土品茗著粵式飲茶的一盅兩件。而話題環繞在「黑隕石」之上。

在太陽系的宇宙空間存在著大大小小的黑隕石，它們會被周圍的行星引力吸引，直墜行星表面。

地球也不例外。黑隕石隨時從太空衝入大氣層，就算受到摩擦的熱力損耗，只要有一寸大的黑隕石碎屑與地球生物接觸，那生物便有機會產生異變。結果，好壞難測。

根據搜神局的機密文件所透露，在馬來西亞流傳千年的「虎將與犬牙王」神話，異變的虎與狼，千年爭鬥不休，就是黑隕石元素引起地球生物異變的案例之一。

在第二次大戰結束一年後，一群數量龐大的黑隕石撞擊亞洲地區，令搜神局亞洲各個分局面臨了一次災難級挑戰，並因為某個原因中斷了彼此的聯繫，長達七十年之久。

現在，因為陽天加入成為前線的行動特工，孫行土終於可以專注尋找方法，聯繫其他搜神局分部。

慢著！陽天忍不住問，香港分部就只有他和孫行土二人？

孫行土：「我十五年前入局，還有三位一把年紀的前輩，二男一女。這十年來，不是病死，就是戰死，只餘我一個繼續戰鬥下去。有時候，我想香港分部不該由我劃上句號。幸好有你，這責任就交給你了。」

這位忽然滿懷感慨的前輩，說時把點心單子交給陽天，兩個茶位和四碟點心，盛惠八十元。收銀台就在側門前。

陽天做為「搜神局」初級特工，主要職責是監察外星異形的行動，以及清除所有壞份子。陽天從小閣樓裡藏有的機密檔案，進入了平常人看不見的世界——

自東方搜神局成立之後，世界各地分部積極收集黑隕石墜落的紀錄，令人訝異的是，六千五百萬年前的恐龍大滅絕，也是因大量巨型黑隕石撞擊地球而起的。黑隕石帶來了很多地球以外的物質，包括有機化合物和金屬混合物等生命起源所需要的元素。

由南宋末的九龍村落發展至今天的九龍城寨，歷時七百一十年，許多外星族群聚集於這地方。他們各有留在這塊土地上的原因，千絲萬縷，最終都與埋在九龍城寨地底極深處的那顆巨型黑隕石有關。

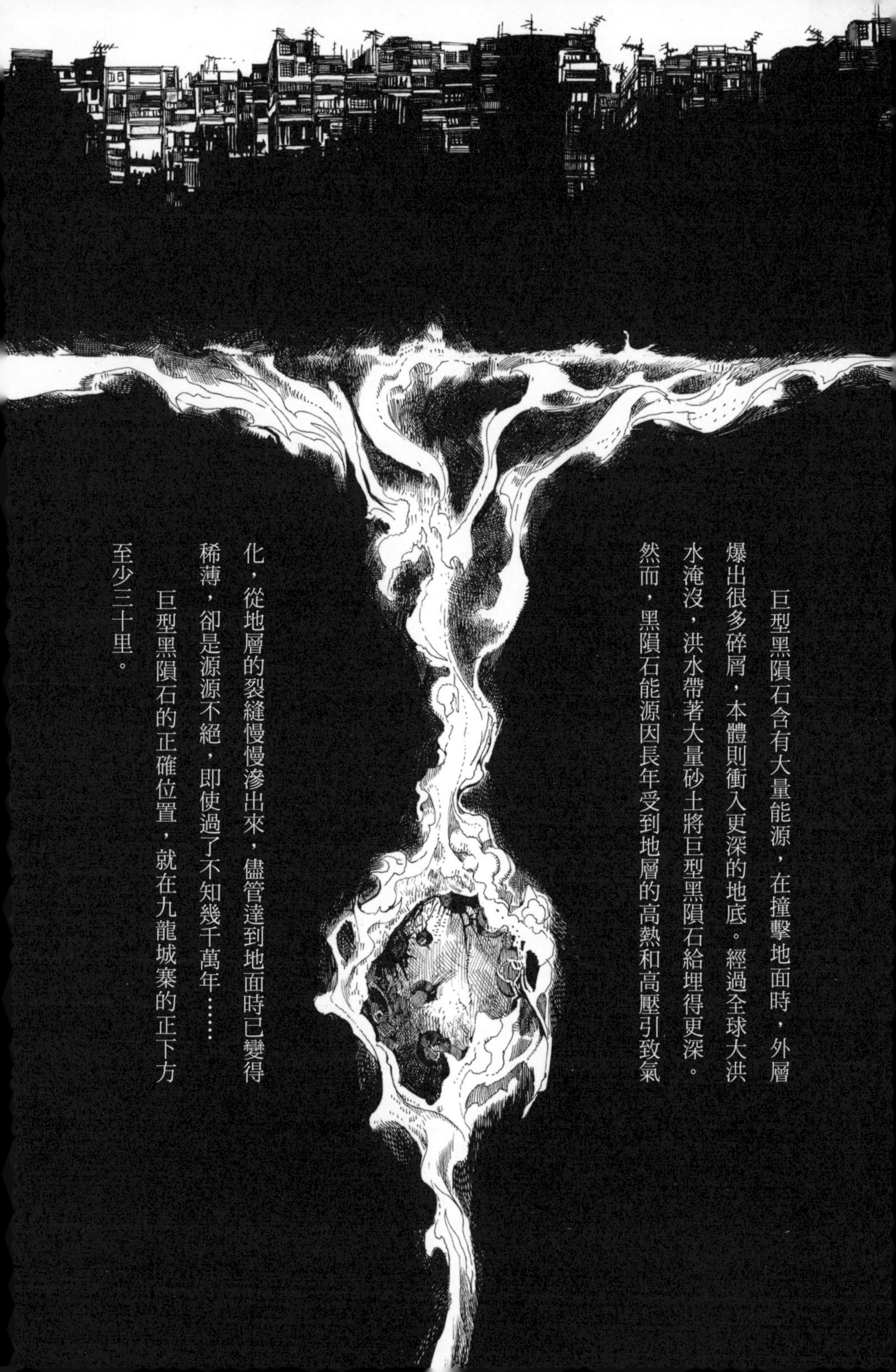
巨型黑隕石含有大量能源，在撞擊地面時，外層爆出很多碎屑，本體則衝入更深的地底。經過全球大洪水淹沒，洪水帶著大量砂土將巨型黑隕石給埋得更深。
然而，黑隕石能源因長年受到地層的高熱和高壓引致氣化，從地層的裂縫慢慢滲出來，儘管達到地面時已變得稀薄，卻是源源不絕，即使過了不知幾千萬年……
巨型黑隕石的正確位置，就在九龍城寨的正下方至少三十里。

在接近地面的一百尺地層，帶有大小不一的黑隕石碎屑。

建城以來，外星族群通過穿上仿人類皮囊、變形和改變基因等方法，偽裝成人類在這塊土地及周圍生活。他們避開人類的耳目，在不同地點的裂縫盡量收集黑隕石元素，去滿足不同的需要。就算只有稀薄的氣體，也有它的用處。首要條件是，別讓貪婪的人類知道黑隕石元素這回事。

然而，就像人類過度抽取地下水一樣，很多黑隕石元素的裂縫都乾涸了。能量日少，外星異形日多。他們之間的和諧早就被破壞，難以想像的犯罪事件與日俱增，外星族群的不法份子們也幹起他們的黃賭毒黑。——你，相信嗎？

當陽天知道「九龍」的命名由來，更是良久不語。

陽天努力做筆記，似在警署寫案件報告時般嚴謹，字體端正，內容一絲不苟。他不希望日後加入的成員要像他一樣，在雜物堆尋找重要資料。他又用那小型錄音機錄下了有用的資料，快用光十盒卡式帶。雖然孫行土說過，點石齋有電腦可以用，但它像一塊平板，陽天要用手指點擊來輸入內容，他有點抗拒。最重要的是它很耗電，必須接住電源線來用，挺麻煩。

皮囊由人類的皮層軀殼改造而成，有些外星族群因為無法改變基因排序變成人類外表，必須套上皮囊，利用其拘束功能隱藏原來的體形，才能生活在人間。根據搜神局的案件紀錄，外星異形殺人奪取皮囊時有發生，《聊齋誌異》亦記載過外星異形與人類皮囊的故事。

傳說九龍之名是來自當地九座山的龍脈；又傳說九龍的「九」是多數之意，古代一些精英都臥伏這福地，等待一朝得志，飛龍在天。但，這兩個傳說皆是訛傳的。

另有一說，出自《周易》六十四之乾卦，六條陽爻皆為九數，九之古字，形如龍，故有「時乘六龍以御天」之說。帛書《易之義》：「為九之狀，浮首兆下，蛇身僂曲，亓為龍類也。」

踏入十月，中秋剛過，搜神局香港分部一個部署半年的清除行動，終於在這晚上展開。陽天手執大馬士革鋼刀，站在九龍城寨其中一道暗黑大門前。卡卡卡，鐵門沉重地打開，閃入陽天眼簾的，是一群癮君子，從遙遠天際來的癮君子。

他們蹲在地上點燃像本生燈的噴火裝置，並拿出一張錫紙，摺成兜狀。之後，他們在紙兜上放上一小撮黑隕石粉末，經過噴火裝置加熱，黑色煙霧從紙兜升起。他們的嘴巴興奮伸長，追逐著翻動的黑霧——「龍族」在「追龍」！

刀起刀落之間，陽天忽然想起「九龍」的命名。

半年前，陽天跪在龍族的神壇前發誓，為龍族出生入死，且不可將「九龍」命名真相洩露，否則死無全屍，罪連所有血脈。發誓之後，龍族長老用尺長的指甲，在陽天背上劃出一道龍痕，正式讓他成為龍族的一份子，才有資格翻閱一份存放了七百年的古卷，卷內記載了壇上九位神祇的事蹟。

七百一十年前的一天，宋帝國出逃的年幼皇帝趙昺，來到這片近海的土地，發現了傳說的「龍生九子」。似龍非龍的贔屭、螭吻、蒲牢、狴犴、饕餮、蚆蝮、睚眥、金猊和椒圖，圍聚在田地上翻泥挖地，連晚挖近百尺深，瘋狂噬食岩石縫的黑色物質，繼而全身泛現黑色電光，乘風而起，一飛沖天！

宋帝昺驚恐這是天譴，於是命大臣拔營離開。可是，有士兵們卻深信這處是受龍子眷屬的福地，便不隨宋帝大軍離開，留在這地方建屋，以「九龍」之名聚居成村，數百年後成為砲台，再擴大成寨城。

刀停下，墨色鮮血仍沿刀鋒滴落，陽天從此不用再守那誓言。因為九龍城寨最後殘存的龍族，即行動檔案「EL2630021」記載的天琴座 Z32 星人，龍形態，合共十五個，已經完全清除。其罪名是在一年前為搶奪五塊黑隕石能量方磚殺害了一個人類家庭，雖然事後發現那家人是仙女座 α17 星人與人類雜交的後代。

龍生九子，是雜交種生物的強力例證。根據搜神局的行動檔案「EL2630021」所知，龍族（天琴座 Z32 星人）曾在南宋時期進行多次殘酷的跨屬間雜交試驗，將龍族的生物基因配以地球上的龜、虎、獅、鳥、牛及其他生物的生育系統，誕生出能適應地球環境且可生殖的亞種。

回想半年前陽天入門時，龍族長老信誓旦旦，只要陽天能加入「西天王」笑面虎的行列，他們便有機會查出城寨內藏有大量黑隕石能量方磚的祕密地點。直到他們儲夠黑隕石能源離開地球，就會帶著陽天前往遠在銀河另一邊的故鄉。

陽天久等了半年，等到的卻是龍族十五人齊聚在黑暗大門背後，像吸白粉的癮君子般，飽嚐由黑隕石元素帶來的亢奮、迷幻及醉生夢死。牠們外形不像人類，但行為和欲望卻和人類沒有分別。離開地球的承諾，早已拋到比天琴座更遠的黑洞去。

起火，燒光一切。在九龍城寨潛伏百年的外星勢力又少了一個，還有好幾十個。清拆九龍寨城，等同把聚集在這城內的外星來客全都趕走？

收起鋼刀在腰間的掛袋之後，陽天的右手仍在震抖，既是殺性未止，也是看不清前景。每到壓力逼迫他的情緒到臨界點，腦內便會釋出他那年那日那一刻的美好時光，短促但難忘……

十一歲那年，為了領取兒童身份證，那位在鑽石山的貧民窟長大的男孩需要一個正式姓名。乾卦上三爻為姓，下三爻為名，陽天。

旁邊在等待拍攝照片的女孩，看見男孩的名字，純真地笑了一笑。

「很巧哩，你的名字是太陽，我的名字是月亮。」

陽天。向明月。

女孩好奇打量男孩身穿的淺藍短袖襯衫，男孩忙問：「呃，有甚麼不妥嗎？」

女孩微笑：「你的紐扣都扣錯了，你媽沒幫你——」

男孩一時尷尬，原來自扣錯了第一顆紐扣，之後全都錯了，但聽到女孩問及他的母親，他反而駕輕就熟地回答：「我無父無母的。」

女孩有點不好意思，說：「對不起……」

突然，揚聲器傳出：「陽天，請到六號房。陽天，請到六號房。」

女孩聽此便二話不說，替男孩扣好紐扣。男孩本想阻止，但聞到她的髮香，一時間擾亂思考，手忙腳亂。

十數秒後，女孩扣好男孩的衫紐，便著他快去。

男孩在進入六號房的一刹那，還回望女孩的微笑，她笑得比之前更溫暖。

站在拍攝台上，男孩揚起笑容，綻放陽光般的燦爛。這張照片將會留為他少年時代的憑證。

待男孩完成了所有手續離開六號房，已經是一小時之後，早就不見了那位叫「向明月」的女孩，他嘗試找遍這地方所有房間，都不見她的蹤影。

幸而，男孩領取了兒童身份證，看見照片上拍到女孩為他扣對的第一顆紐扣，算是對她的紀念。

自此，每當陽天在白晝天空看見月亮時，都會想起這女孩的笑臉。到底日和月何時會重逢？

他又想起曾在歷史書看到一幅漢代畫像，伏羲捧日，女媧捧月，日月並輝，還有兩者下身輾轉交尾……

陽天坐上電單車，紅色尾燈拉出一道欲望放縱的紅線，伴隨轟隆引擎聲，在遠處黑暗裡消失。

第4回

真相

MMXX

根據母親向明月的指示，陽昭和春風到尖沙咀的酒店安頓後，隨即前往上環，尋找一間名為「點石齋」的古玩店。他們走到荷李活道和摩羅街一帶，到處都見售賣古玩和二手物品的店鋪及攤檔。大大小小，不下百間。春風初次到來，甚覺驚訝。

荷李活道的命名，據說是從第二任港督戴維斯爵士的封邑名字而來，而美國的荷里活當時尚未出現。

至於摩羅街，因香港開埠初期，有不少印度人在這一帶擺地攤，當時香港人稱印度人為「摩羅」，故而得名。它還有另一個名稱「貓街」，因當年某些地攤會售賣一些來歷不明的「老鼠貨」，那麼來買貨的人就是「貓」了。上世紀四十年代起，這兩條街可算是中國古董的集散地。

陽昭和春風路經數間古玩店後，終於見到點石齋的招牌。兩人推門而入，先撲進鼻子的，是花梨木家具散發的香味，混和點燃了的淡淡檀香。

而眼前展現的，猶如進入了大觀園般，像是一個古舊的世界，又似一座小型博物館：由中式的酸枝家具、字畫捲軸、錢幣、陶瓷、鳥籠、珠寶玉器等，到來自西方的留聲機、鐘錶、鋼筆、打火機等，另見其餘各式舊書刊及印刷物等，擺放得雜亂無章，然而亂中有序，充塞整間店鋪的每個地方。時間像是凝固了，以前如此，如今亦然。

店內十分寧靜，陽昭二人隨意參觀，見到有趣的物件，便停下來仔細觀看。

陽昭說：「除了我們，店內一個人也沒有，店主或許外出了？」

春風沒有回應，她見到前面地上的書堆後，似有物件移動，趨近一看，原來是一個頭髮灰白夾雜的胖子睡在地上，滿身酒氣，身旁堆了數個啤酒罐，與古玩店的氛圍格格不入。

陽昭走到春風身邊，也發現了這位胖子。

胖子剛好醒過來，望著陽昭二人片刻，跟著大喊：「喂喂喂！你們這對小情侶入來找甚麼的？想買甚麼嗎？」

二人忙搖頭，陽昭急說：「不是這樣的！我們來為了……」

「啊，明白的。」胖子從書堆裡隨手取了一本古書：「年輕人，這本春宮圖譜可作參考，是好東西來的，工筆細膩，據說畫師對著真人示範而畫，即是今天所謂的模特兒，畫中人極度投入逼真，姿勢繁多……」邊說邊翻閱圖譜，越說越起勁。

春風十分尷尬，默不作聲。陽昭不斷擺手說：「不，不，其實我們根本不是來買東西的！」

胖子合上圖譜，問：「那麼你們來做甚麼？又是甚麼文青來做訪問？」

陽昭道出來意：「我們是來做實習生的。」

胖子呷了一口啤酒，用醉眼打量二人說：「呃，也好，橫豎這店缺打雜。你們兩個，我不嫌多……」

春風向著陽昭點頭，陽昭便問：「我們隨時可上班，請問店主怎稱呼？」

「老子姓孫，孫行土。」說後，胖子又呷一口啤酒：「我也有點餓了，男的先買外賣回來，女的給這裡打掃乾淨，很多東西已沾上塵了。」

於是，陽昭二人每天盡是被指派在點石齋內打掃、煮食、看舖、店務，有時更要外出收買舊物，總之店舖的內內外外都要兼顧。孫行土也樂得清閒，整天喝酒，醉的時候比清醒的時候多，這都令陽昭和春風哭笑不得。

然而，陽昭深信母親指示他們來這裡工作，必有他想知道的東西。

幾天後，晚上下大雨，孫行土有點不適，提早下班回家，並吩咐陽昭和春風兩位「實習生」執拾店舖後才好離開。

春風在店舖後的辦公室，執拾房間角落堆積如山的幾幢書刊。突然有隻飛蟑螂，撲落一本書上，春風咬著下唇，拿起附近像網球拍，但形狀較細小的電蚊拍，正欲拍打之際，蟑螂卻已飛走，更直衝她的面龐。她驚叫一聲，揮拍閃開，混亂之間，轉身撞向書堆，書刊散落一地。

見蟑螂飛向另一幢書刊，春風既驚且怒。

啪！原來是陽昭聞聲而來，即時脫下運動鞋，拍死蟑螂。由於用力過大，另一幢書刊也立時倒下。

連續幾幢書刊倒下，露出了一個之前被書堆遮掩的古董百子櫃。

這百子櫃是實木所造，高四尺，闊三尺；打直五格，打橫四格，共二十格。如此這般放置，當然不會內藏各種中藥材了。

春風感到奇怪，書堆高過百子櫃，百子櫃頂部也放上書籍，高度與書堆相若，這百子櫃好像刻意被書堆遮掩、在隱瞞甚麼似的。陽昭也有同感，兩人便合力把遮掩百子櫃的書刊移開。陽昭不期然打開百子櫃的抽屜，發現一疊變黃的紙張，翻閱內文，除文字外，亦有多幅插畫，越看越感到似曾相識——

是初代虎將與金山公主的資料。

初代虎將與金山公主原分屬馬來西亞三族中其中兩族：山族與海族。當年山族族長之子被一隻受黑隕石感染的老虎所咬，感染黑隕石的力量，脖子現出虎紋，變得力大無窮，成為初代虎將，保護三族和森林的和平。

金山公主相傳是中國唐太宗第十八女，當年被太宗派到馬來西亞和親。和親船隊被墜落的黑隕石擊沉，公主墮海受黑隕石感染，被海族族人救起。族人發現公主遇溺受的傷竟然自動癒合，體內的黃金之血更具有治癒奇效。她從此在海族定居，後人如有繼承此力量，可襲金山公主之名。

還有一族是土族，千年前土族族長之子同樣被黑隕石感染，成為凶殘的犬牙王。三族流傳，災星將於千年後降臨，必須三族後人聯手，才有克敵機會。

陽昭在馬來西亞一役，正是認識了新一代「虎將」林康柏和「金山公主」羅珊珊。

春風也在閱讀這些資料，驚訝：「竟是康柏的先祖與金山公主的資料？好詳細哩，陽昭，我們不如看看其他抽屜……」

陽昭二人即時拉開其他抽屜，一如所料，是其他國家的遠古神靈或異能人士的資料及插畫，計有韓國的獬、日本的陰陽師、泰國的夜叉和印度的阿修羅等等。他們不停地翻閱，不知過了多少時間，店外的雨，越下越大……

突然，整間點石齋烏黑一片。

陽昭說：「相信只是停電罷了，我們可用手機的照明燈繼續看。」

二人繼續翻閱，春風更用手機拍攝這些資料：「這個孫行土，他的真正身份看來殊不簡單。」

陽昭心想：「母親的指引果然沒錯，在這店鋪必定有更多發現。」他摸著百子櫃，其背面是貼牆的，但並不完全貼實，在百子櫃背面與牆身之間，有一條極幼的縫隙。如果書堆是用來遮掩百子櫃，那麼百子櫃又用來遮掩甚麼呢？

陽昭提起手機的照明燈，照著那極幼的縫隙，牆身本身是白色的，但他發現中間好像有些不同的顏色，且好像有道矮門似的。

此時，店面傳來了孫行土的叫喚：「陽昭！春風！你們在哪啊？整幢大廈也停電了！」

二人聞聲匆忙執拾一下書刊，陽昭忙說：「我們剛才在辦公室執拾便碰上停電了，孫生為甚麼會回來的？」

孫行土：「我家的鑰匙留了在辦公室，要回來取……咦，四周黑漆漆，你倆孤男寡女怎麼一起在我的辦公室內？我很難相信你們不做甚麼好事情嘛，呵呵呵……」邊說邊朝辦公室方向前行。

孫行土甫走入辦公室，燈便亮了。他本想說「電燈公司修理得很快，很有效率哩！」卻見眼前書堆凌亂一片，登時面無表情，默不作聲。

春風故作緊張：「剛才在停電前，見到有飛蟑螂啊，我怕得要命，撞向書堆，跟著便停電了，幸好陽昭聽到我的喊叫趕入來。孫生，不好意思，把你的辦公室弄成這樣。」

孫行土笑說：「意外意外，不用道歉嘛，不過你們究竟有沒有……」

陽昭二人猛力搖頭：「沒有沒有！」

當晚，春風向馬來西亞的虎將匯報情況。

熒幕中出現的虎將，是一位神采飛揚的年輕人，與陽昭比較，他較為成熟，也許是與宿敵「犬牙王」一戰之後，他損失了很多，也學會了很多。平日，春風與她三位義妹——夏雨、秋霧和冬雪，都愛直呼這位義兄的名字「康柏」，情如親兄妹。

虎將：「春風，妳就繼續協助陽昭，看看還有甚麼新發現，你們務必要小心。另外，我快將到千年森林進行閉關修煉。若有甚麼消息，可先向夜鷹匯報。」

夜鷹，正是春夏秋冬四姊妹的師父，也是虎將的姑姐。

翌晚，因為日間有客人賣出大量舊物，陽昭藉故加班清潔。春風也提出協助，希望能早點完成清潔，不用太晚放工。

孫行土喝著啤酒，滿不在乎說：「都說你們有私情，我不會額外加薪的。」

春風低著頭，滿臉通紅。陽昭這次也懶得解釋，待孫行土離去後，二人急不及待搬開百子櫃，牆身果然有道暗門，是幅中空的假牆。

打開暗門，屈身行入兩步，便見一條通往閣樓的階梯，一步一步走上去，發現了一個塵封多時的小小空間。靠床那邊的窗戶早被封死了，牆邊排列了數十個黑色硬皮文件夾及一些日記簿。陽昭和春風不約而同地想，曾有人在這裡生活過一段不短的日子。

陽昭心急地打開其中一本日記簿，赫然發現撰寫日記的人，正是父親陽天！

陽昭連忙打開一個又一個文件夾，一本又一本日記，進入了昔日父親生活及工作的世界。春風默默守候在旁，不作騷擾。

不知不覺間已過了三小時，陽昭終於停下手中的翻閱動作，良久不語。兒子終於了解父親擔任「搜神局」初級特工時的心情，也知道了「九龍城寨」的由來、外星族群的聚集和巨型黑隕石的關係……此刻，父親種種事蹟深深敲動兒子的內心，要是陽昭的目光繼續留在日記上，久違的淚水恐怕會奪眶而出。

陽昭重新環顧父親筆下的小閣樓，那個向北的窗戶，那些擺放整齊的行動日誌，兩邊容易潮濕發霉的牆壁，還有……

這時候，陽昭看見牆上留有一個一公尺長的弓形痕跡，原來的弓不見了，正是兩年前被他失控燒毀了的那一把狩獵弓。

雖然如此，那把弓的確是父親使用過的，它搭建了一種父子聯繫，即使陽昭未曾見過父親，但他從兒時便已幻想著父子一起射箭的快樂光景。縱使是幻想，此時此刻卻變成真實。

陽昭的眼眶不禁潤濕。他不知道因著內心的激動，掌心再度冒出微微火舌來。

「你果然是陽天的兒子，終於來到了這裡。」孫行土咯咯聲走上了閣樓。他最初見到陽昭時，已感到他很像陽天，故在停電夜見到他和春風的舉動，便不作聲色，看二人下一步如何行事。

孫行土的眼神回憶著過去：「陽昭，你父親不單是搜神局的特工，在一九九九年，他在九龍城寨原址遺蹟，與一眾盟友力抗外星異形，可說是那場大戰的英雄，至終默默肩負保衛香港的重任。」

……父親是個反黑組探員，於一次行動中英勇殉職……原來只是真相的表面而已。

「最後父親是生是死？」陽昭問。

「不知所終。」孫行土斬釘截鐵的回答。

也許陽昭和春風太年輕了，聽不懂孫行土不肯接受現實的回答。如果不是死了，怎會失蹤了二十年？

陽昭默然。父親究竟去了哪裡？

孫行土剛才看到陽昭掌心冒起火舌，相信他承繼了陽天的異能，心想：「陽昭必須要通過各種訓練，屆時才決定是否讓他加入搜神局吧。」

從加入搜神局的一刻，便要準備好隨時迎接死亡。孫行土不敢在這時候告訴陽昭這個事實，也不敢告訴他何以香港分部會如此凋零。

第二次世界大戰結束，當時的亞洲區五大分部：香港、日本、台灣、韓國和印度，皆忙於協助戰後重建。香港分部當時有超過三百位不同等級的特工，遍佈港九新界的酒樓、藥材舖、裁縫店、長生店等各式各樣的基地。而上環的點石齋只屬於駐員五人的小基地，是成員們口中的「雜物倉」。

一年之後，一次數量龐大的黑隕石撞擊亞洲地區，產生了大量異變生物，危害剛回復和平的社會，令前線特工死傷不計其數；最嚴重的是，搜神局的敵人，不論是人是魔，竟得到了搜神局的敵我識別碼，憑此設計消滅世界各地的特工，甚至順藤摸瓜，找出眾多分部的所在，最終敵我大戰，血流成河。歷時兩個月，搜神局勢力銳減至原來的三成。

敵我識別碼外洩後，搜神局總部嘗試過以各種聯絡方法取代，卻發現大氣層上方籠罩著一股高深莫測的力量，阻擋及截取了搜神局所有通訊。總部於是決定壯士斷臂，發出最後訊息，下令各分部中斷彼此的聯繫，所有成員轉入地下化，以僅存的資源繼續任務，以及尋找其他聯絡方式，直至能破解天空中那股神祕力量為止。

當時，香港分部只得點石齋和四名特工倖免於難。直到一九七二年，才有年屆廿五的新成員孫行土加入。一九八七年，二十歲的陽天加入。同年十月，九龍城寨有外星飛船離開，在大氣層外爆炸，震毀那股神祕力量，陽天得以成功與其他亞洲分部聯繫，搜神局再次團結起來。

自陽天加入香港分部，雖陸續有新成員和盟友加入，然而他們面對的敵人亦比以前更為凶險，香港分部只得繼續地下化，經過一九九九年那場大戰之後，更是只餘下孫行土一個。身心受到嚴重創傷的他，已經無力回天，但仍心盼復興的一天來臨。

第五回

笑面虎

麗宮，香港最大的戲院，院內共有三千個座位，分佈在大堂的前、中、後座，以及樓座的超等、特等。其中，後座的 T25 座位，是永遠預留給那位大人物的特別位置。

當那位大人物坐在後座 T25 上，院方便會播映一齣片長約四小時的《亂世佳人》，不管那是甚麼時候，不管院外有三千人正等候入場看二輪電影。院方寧得罪三千人，也要款待這位貴客——「城寨西天王」笑面虎。

十年前，還未登上「西天王」之位的笑面虎，曾一人阻止兩幫近千人在麗宮廝殺。

那時候，院內正重映由奇勒基寶和慧雲李主演的《亂世佳人》，兩幫都是城寨外圍的新興勢力，為爭利益相約在這間大戲院「講數」。講數是假，展示軍備是真。在黑社會電影中出現的武器和槍械，他們一件不少。

買票入場的笑面虎，剛好坐在兩幫的中間，後座 T25。

那一刻，笑面虎大口吸盡手上的香煙，盡成飛灰。

點點煙灰，飄過兩幫領袖手上的武器……

兩天之後，這兩股新興勢力全歸順於笑面虎。

從此，笑面虎如添虎翼，不到半年，就上位成為「西天王」！

城寨四天王之中，只有笑面虎住在城寨。由於生活環境惡劣，搬出的人多，入住的人少，剛好方便笑面虎買下並接通了相連十幢大廈的三十個空置單位，高高低低形成他的城堡。

今天下午三點十五分，院內又播放《亂世佳人》，底片花掉了不少，坐在後座 T25 的笑面虎還是百看不厭，因為他喜歡慧雲李飾演的郝思嘉，沒有她，片中那段愛情不會盪氣迴腸，這電影也不會成為經典。

然而，今天有人拿著 T26 戲票坐在笑面虎旁邊。

陽天坐下，說：「我跟票務姐姐說，我想找個地方睡一下，她便給了我這張票。」

笑面虎望也不望陽天，說：「你不會打鼻鼾吧？」

陽天微笑：「你聽到的話，請叫醒我。」

二人對望而笑。笑面虎便認了陽天這位兄弟。

只不過，截至一九八七年十月十五日下午三點半，能稱上「笑面虎的兄弟」的人，沒有一萬也有九千九。兄弟越多，每天開支越多，黑道買賣生

意額也越多。近年，雖然笑面虎已收斂了隨心認兄弟的豪氣行為，不過他的確需要有用的兄弟，與他一起對抗最大的敵人——香港政府。

自一九八四年十二月十九日，中英兩國簽署了《中英聯合聲明》，將會在一九九七年七月一日回歸中國的香港，正式進入過渡期。大部份駐香港的英國官員，開始千方百計運走這顆「東方之珠」最後的錢財及物資。

因此，警方非常樂意配合即將拆卸九龍城寨這機會，順勢向城寨四天王施壓，表面上要求瓦解內部的黑勢力，但實則上要四大黑幫交出最大利益，才可以順利移根到城外各區，否則政府一定會利用軍隊和警隊，衝入九龍城寨，將城寨四天王連根拔起，永不超生！

「東天王」乖乖交出了一半財產給政府，交換自己到城寨外發展地產生意的機會。可是，在「東天王」拔旗離開半年後，其餘三天王仍未有明顯的動向。

陽天猶記得龍族長老說過，只要他能加入「西天王」的行列，便有機會查出城寨內藏有大量黑隕石能量方磚的祕密地點。既然外星異形會幹人類的黃賭毒黑，人類是否也會幹黑隕石能源的祕密勾當？

一天中午，笑面虎從九龍城一間馳名的泰國菜館，受兄弟們前呼後擁地走出來。這種場面在附近一帶算是慣見的，就差沒有人敢走上前向笑面虎索取簽名。隔著馬路的對面，戴著圓形墨鏡的陽天倚著電單車，向笑面虎打招呼。

笑面虎甫見陽天，便向旁邊的兄弟拿過一個方盒，然後不理規則，一個人橫越車來車往的馬路，就為把手上的方盒交給陽天。

「陽天，叫你來吃午飯，去尋歡，你統統不來，怎麼了？」只見陽天笑而不語，笑面虎再說：「送個走路男人給你，喜不喜歡？哈哈哈……」

陽天看到了「走路男人」——Walkman 卡式帶隨身聽，笑面虎還送上幾盒粵語流行曲卡式帶。陽天心知事必有因，仍裝出高興的樣子，說了兩聲「多謝虎哥」。

果然，笑面虎從自己的恤衫口袋取出一盒寫著「笑面虎精選」的卡式帶，塞進陽天手裡，說：「我也懂唱幾句，有空指教一下。」

陽天說：「虎哥，幾時到紅館開演唱會，讓我炒賣黃牛票，賺大錢娶老婆買大屋。」

笑面虎陪笑遞出香煙給陽天，陽天笑笑接過來。

所謂的「笑面虎精選」，就是這一個月以來，笑面虎要求陽天同行的祕密指令。每句每字都由笑面虎親口說出，當說完兩項行動指令之後，笑面虎竟然哼出了短短的《亂世佳人》主題音樂，但完全不合音調和拍子。

在小閣樓，陽天戴著隨耳聽的耳筒聽著，不禁笑了。

說好的星期三中午，笑面虎領陽天到位於城寨內的「大倉」，提取了港幣二千五百萬元鈔票，到城外多個地下錢莊兌換成美金。

星期六晚上十一時半，笑面虎和陽天帶著一個行李箱到西貢碼頭，等著停在不遠海面的西式遊艇，派人開快艇來取。來人與陽天打一照面，二人皆呆了一下。

陽天認出來人是九龍城警署的同僚，不禁望向笑面虎一眼。

笑面虎竟然幫忙來人把行李箱搬上快艇，更向遊艇上的主人歡容揮手。

之後，笑面虎和陽天回到了九龍城，在路邊攤點了一大碟牛雜，大快朵頤。

「甚麼啦陽天，想問便問吧？」

「虎哥，遊艇上的人是史密夫……？」

「想不到你這麼好眼力。對，他要三百萬元美金，我給了他。從現在開始，我笑面虎所做的事，沒有人敢攔我路！」笑面虎要行動了，陽天在想。

笑面虎用衣袖擦過沾滿甜醬的嘴角，從容地說：「陽天，你不要做臥底了，你上司兩個月後便會肚滿腸肥地滾回英國，沒有人再罩你了，除了我。」

陽天一時間被笑面虎撕破偽裝的外衣，處境非常危險。究竟該如何回應他？

笑面虎拍拍陽天的肩說：「一世兄弟。你明天不回來，我不會追究。若回來，就不要走。」

突然，陽天一手推笑面虎出馬路，一輛紅色的士連忙煞停在笑面虎前面。

陽天大喝：「虎哥，快上車！」

此刻，笑面虎才看見四方八面正有幾十人揮動刀器，殺氣騰騰地包圍過來。

他認出領頭的人，是「北天王」麾下三大猛人「劉關張」之一，關攻！

陽天再喝：「快上車！」說時回身一腳踢中了關攻，再順勢搶過他手上那把尺半長的斬人刀。

陽天邊揮刀邊退，退到紅色的士前。紅色的士急快開走了，但笑面虎仍在，他用外套包著左手，笑容自若：「我本來打算明天才去收拾你們『劉關張』，想不到你這關攻今晚會失眠呀！」

笑面虎一拳打死了身邊最近的刀手，刀手仍未倒地，刀已被笑面虎奪走了。

笑面虎持刀冷笑：「陽天，天不許你走，就一起來吧！」

陽天還有別的選擇嗎？

深夜二時，點石齋的控制台仍未收到其他分部的回應，孫行土則睡在酸枝長椅上，鼻鼾聲如雷動。

陽天的選擇是離開，但必須有笑面虎。

一世兄弟，的確很感人，而且，笑面虎決定向「北天王」動手。

只要能消滅黑勢力，陽天還計較用警槍，或是用斬人刀嗎？

離開的路是血路，能繼續前行的，只有生存者。未走到終點，還不算勝利。

刀起刀落，又不是第一次，為甚麼斬在人類的身上，陽天始終有點悔疚？說好的正義在哪裡？

胡思亂想的瞬間，一陣熱血濺在陽天的臉上。

陽天的眼睛染紅了，但還能見到笑面虎橫身在前，替他擋了一刀。

一刀未停，下一刀已來，關攻劈得更怒更狠更無情！

笑面虎不顧剛才的刀傷有多深，馬步一進，用拳頭直轟關攻的面門，血花爆開。雖然如此，但第二刀仍斬在笑面虎的左肩上。究竟有多痛，笑面虎雙倍奉還。

笑面虎拉起關攻的衣領，先一記頭撞，再一記頭撞！

關攻整個人後翻半空，砰聲重墮地上，染血的五官模糊不整，上氣不接下氣。

此時，陽天剛回過神來，只見笑面虎咬起兩支香煙，用打火機卡嚓點火，火光映照他血跡斑斑的笑臉。

笑面虎拿下一支香煙遞給陽天，說：「慶幸今晚有你……」

今晚有我，是一種慶幸？一陣涼風吹拂了陽天的臉，笑面虎的香煙燒得更旺。

二人腳下街上的紅地氈，也被風吹皺了……

陽天還未搞清楚笑面虎的說話，已見有幾十人從四圍撲出，幾十把利刃帶著貪婪的欲望，劈向面前價值一百萬元的「西天王」。

陽天扯破喉嚨，大喊：「虎哥！」然後衝過笑面虎，將攔在前面的生命逐一消滅。

笑面虎猛吼一聲，殺得性起！

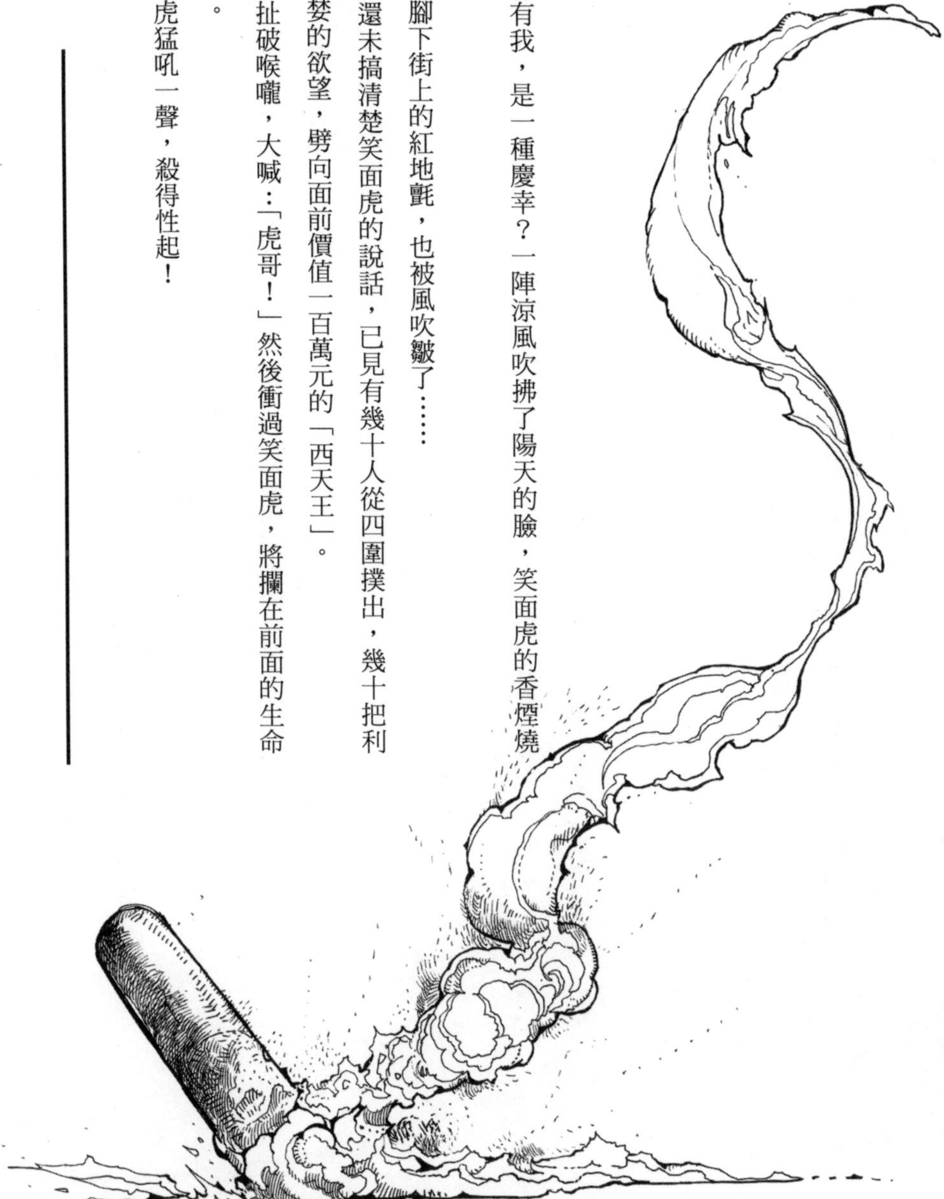

天微亮，那股震盪空氣發出的嗡嗡聲音，刺激了陽天醒來，才發現自己躺在死巷內。朦朧間想起，不久之前他和笑面虎殺出了重圍，然後分開逃走，並約定在九龍城寨內會合，至於為甚麼自己會來到死巷，陽天卻不得而知……

刀傷的痛楚讓陽天全身動彈不得，從傷口流出的鮮血，快要流到路邊的溝渠口。

——是不是我之前決定錯誤了？……我迷迷糊糊回到這個改變命運的轉捩點……是不是要我重新選擇一次？

此時，死巷的入口來了一道人影。

——和上次一樣，在生死關頭，老孫又來救我……？

「……先生……你怎麼了？先生！先生！救人呀，大家快來這邊！」

不是老孫，而是一位女生。陽天心想，太好了，上天還是沒有放棄自己。

可是，陽天正欲開口回應之際，一切力氣和勇氣都瞬間消失。原來上天派人來不是救贖他，而是懲罰他！

少女本來漸步走前，突然止步。

「……你、你是『太陽』？」

失血不少的陽天，神志突然清醒，眼前這位冷靜依然的女生，赫然是「月亮」！

那個十年不見的「月亮」，那個為他扣對紐扣的「月亮」，那個在他心裡牽掛無斷的「月亮」！

「月亮」身後來了六名年輕男女，領先的男人緊張地上前，問：「阿月，發生甚麼事？」

她，向明月，在太陽最黯然無光的一刻，彰顯了月亮的光芒。

當天下午，孫行土穿著涼鞋來到伊利沙伯醫院的正門。

七零五號病房。病床上的陽天藉搜神局所餘無幾的治療劑，很快便回復八成狀態，同時聽著孫行土娓娓細道，當天中午在九龍城寨發生的一場血祭……

城寨外的大路上放著一張戲院座椅，笑面虎手提一瓶烈酒前來，徐徐坐下，準備看好戲上映。

沒有人敢走到大路上，所有人都躲在城寨內，過千對眼睛同時望向大路旁邊那幢十四層高大樓的天台。天台有三人，赫然是「北天王」座下三英，劉比、關攻、張非。

當時針和分針重疊在「12」的位置，劉關張三人一起從天台縱身跳下，大喊：「但願同年同月同日死——」落地時，傳出啪砰砰的聲音！

笑面虎用牙拔開烈酒的瓶蓋，走到屍體前，把烈酒倒在三人屍體上，最後點起火來。

笑面虎看著火越燒越旺，非常滿意「北天王」這個交代。

火照著虎的狂笑，嘴咧開，但臉皮肌肉卻不尋常地抽動……

孫行土笑說：「小子，你也很厲害，今天史密夫親自審閱昨晚那場街頭伏擊的檔案，將你的名字換成了一個通緝犯的名字。」

陽天聽後嘆氣一聲。

孫行土疑惑：「……你真的相信笑面虎與黑隕石買賣有關？是該死的龍族故意陷害你吧！」

陽天呆望窗外的天空，太陽與月亮又重逢了，凝視了幾分鐘，才慢慢說出：「昨晚，我和他一直向前走……我當時只想盡快走到終點……現在，我想通了，其實我因為沒有回頭路，所以才要不斷向前走！」

突然，孫行土扯開自己身上那件恤衫，露出了滿身傷痕，有些傷口久未癒合。

「沒有回頭路，我又何嘗不是……」孫行土說得眼紅：「以前，我非常害怕……戰死後沒被人發現……小子，你相信嗎？」

陽天聽後心有戚戚焉，便招手叫孫行土靠近床邊，大力擁抱他，拍拍他背部說：「快幫我辦出院手續，回到家我們重新部署行動——」

此時，向明月抱著鮮花和健康飲品推門入房，驀見陽天和孫行土擁抱著，不禁大叫：「對不起！對不起！」

孫行土有點尷尬，細聲問陽天：「是女朋友嘛……我還要辦出院手續嗎？」

陽天只得以強笑打圓場。

待孫行土離開之後，向明月才與陽天暢所欲言。

向明月的第一句話，令陽天人生重新獲得生氣。

「這十年來，我一直想，我和你總有一天會在街上遇見。即使你不認出我，我會說太陽，你便會記得我就是當時那個月亮。」其實，向明月很想知陽天有沒有想過她，她不敢問，卻寫在臉上。

陽天發覺這一點，不禁想到，他本來孤獨的人生最近變得越來越熱鬧和刺激，新加入來的人都令他走往從未想過的方向，然而終點好壞難測。於是，他心裡盤算著各種利害，決定暫時不宜與她有交集。至少，待這次城寨任務徹底完成之後，才設法跟她聯繫，重修舊好。

「多謝妳救了我，向小姐。我現在有點累，可不可讓我休息一下？」

「陽天……」

陽天故意轉身到床另一邊，不作回應。

向明月只好說聲「再見」便走了。

陽天雖閉目，卻難入眠。

兩天後的黃昏，向明月再到醫院，但陽天已出院了。她驀起悔意，為甚麼在重遇陽天時，不將自己這十年來的期盼盡情傾訴？

向明月十八歲辦理成人身份證時，不斷打量陽天會不會在附近，結果，她失望了。之後，她入讀大學時，嘗試在新生名冊中尋找陽天的名字，結果，只找到楊天榮，她又失望了……就在半年前，她在上環地鐵站上列車，打算前往旺角轉巴士回家，卻在列車開動時看見「陽天」剛來到月台。於是，她在中環站下車，等待下一班列車來再上車，可是遍尋多個車廂也不見「他」……

不會錯，她自信不會認錯人，那是長大後的陽天，因此在死巷遇見傷重的陽天時，才會一眼認出來。

向明月失望地走出醫院大門，忽然有人遞上一個電單車頭盔給她。

向明月回望那人，不禁大喜：「陽天？」

陽天臉色紅潤，說話爽朗，問：「妳不急回家，是吧，阿月？」

不是「向小姐」，是「阿月」。

向明月大力點頭。

電單車引擎隆隆響起，日與月快速穿過九龍城，與從天降落的巨大鐵鳥交差越過那條馬路。不久，電單車停在能看見啟德機場夜景的山上，陽天和向明月看著一架又一架飛機起飛和降落。

「那天早上，妳在九龍城寨幹甚麼？」

有見於香港政府宣佈拆卸九龍城寨，向明月參加了一支由人類學系的馬岡講師領導的

七人研究團隊，趁著僅餘的日子，到城寨進行實地考察及研究。

每位學生的研究主題都不同，住宅、學堂、建築和廟宇皆有，唯獨向明月研究的主題「日軍統治香港時期的九龍城寨」，得到了大學一年前從中國內地邀請來的馬講師特別指導，除了因為那是馬講師的研究領域之外，也因為他對向明月有意，這是旁人皆知的。

向明月指向啟德機場：「日軍佔據了香港三年零八個月。一九四二年，他們為擴建圍繞啟德機場的明渠，拆毀了九龍寨城全部城牆、龍津碼頭，還炸去龍津門紀念牌。種種惡行都叫寨城住民敢怒不敢言。」說後，她從手提袋內拿出一份文件交給陽天。

陽天拿到的，是一份日軍手寫文件的影印本。

向明月：「這是馬講師給我的資料，上面寫著日軍在佔據九龍寨城期間，祕密興建了一個地下室，目的是研究神祕氣體。我想，應該是毒氣！」

在侵華戰爭期間，日本皇軍佔領了中國東北，惡名昭著的七三一部隊在當地以科學研究的名義，做了多項瘋狂的人體實驗，如活體解剖、染菌飲食實驗、真空環境實驗、毒氣實驗等，受害者超過一千五百人，多是農民、勞工、馬車夫等中國平民。戰後，在中國各地陸續發現不同研究目的的實驗室。

有傳一九四三年夏天，駐港日軍在九龍寨城祕密建設了一個地下室，目的不明。由於地下室位置隱蔽，有人說它是毒氣實驗室，也有人說它是收藏從中國偷運的國寶的暫存地點，等待利用啟德機場空運到日本。

「我要揭發日軍的惡行，這是我們的責任！」

陽天想不到十年不見的月亮，不再是純真小女孩，決心不弱於男人。

只不過，她絕不知道自己正踏在危險界線之上。

陽天無法忘記孫行土今早的緊張。小子不得了，收到可靠的消息，有一支日本考察隊得到「北天王」的關照，似乎那些小日本大有來頭，聽說那個女生一直被「北天王」的手下盯著。

這三天來，除了日本，還有德國，就連美國也來了兩支團隊。那麼多人來城寨，可能是為了趁機奪走一些未被發現的祕密！

陽天在想，這座快消失於歷史洪流的巨大城堡，越來越熱鬧，暗藏的祕密也被越挖越深！

「陽天，你會幫我嗎？」

向明月這一問，剛有一架飛機從頭頂飛過，令她聽不到陽天的回答。

翌日黃昏，「陽天回來了！」「陽天回來了！」「陽天回來了！」

本來只能排在兄弟群最外層的小兄弟阿水，因為帶著「陽天回來了！」這好消息，得以來到笑面虎跟前。

「城堡」內的笑面虎連忙叫喚：「誰有空？打電話請四海酒家的大廚、女侍應和茶博士來！記得帶最好的茶葉來！」另叫阿水繼續報告陽天的行蹤。

阿水離開之後，笑面虎跳了幾下查查舞，有一位兄弟問他，虎哥還要不要去麗宮看電影？

笑面虎用手指點他的額頭，眉開眼笑地說：「你，代我去。」

在直貫城寨的老人路上，向明月一伙人完成今天的考察工作後，臨走前遇見了那支日本考察隊。他們一行六人，得到「北天王」手下孔銘的陪同，走進了向明月等人剛離開的大廈，此舉不禁令她驀生疑問。

之後，向明月和其他成員在佈滿牙醫招牌下的路口散隊，馬講師主動要求送她回家。向明月中午時聽其他同學說，馬講師今天將會向她求婚。正當她不知如何是好時，陽天出現了。

向明月如釋重負，但心裡的疑問尚未解開，急忙催促：「我們三人，快回去城寨，快！」話未說完，已跑向城寨去。陽天隨她離開，馬岡不得不跟上去。

三人神色匆匆，回到老人路上。

向明月緊張地說：「我發現了日本考察隊這幾天來所走的路線，有不少與我交疊了。我一直假設，他們所要的祕密，可能就是我所尋找的。或許最快今晚，他們就會找出那祕密。」

馬岡搶著說：「阿月，無論如何，我都會保護妳！」

陽天默不作聲，更令向明月尷尬。

向明月對陽天說：「事關重大，我只能求你了……」

日本考察隊隊長吉川小一郎，來到了一個空置的二樓單位。他打開了一張一九四五年的九龍城寨地圖，那時候的城寨只有村屋和公共設施，不像現在大廈林立。地圖的中央位置有一個紅日標記，正是他們要找的目標地點。

目標地點是一個地下室，約四百平方尺，原本以一所寮屋作掩飾。但寮屋現在的位置已是一幢大廈，為免公眾注目，吉川隊長必須找出地下室的祕密逃走通道。由於沒有正確位置，他們這幾天只能在城寨來來回回。然而，他發現了一位香港女生，有可能在考察同一樣事物，「到底她擁有甚麼資料」，「日本考察隊的行動有沒有間接幫助了她」，吉川隊長不斷忖惻。

此時，吉川隊長從窗戶望向街上，發現向明月和她的講師突然折返，不禁擔心起來。國家榮譽永遠重於生命，吉川擔任隊長的使命，就是徹底清除國家不榮譽的祕密，不可再多一件暴露於世。

因此，吉川隊長向隨行的「北天王」代表孔銘，用字正腔圓的北京語說：「殺。」

本來討厭這陪行差事的孔銘，聽到「殺」字之後立即打起精神，便叫身邊的三個大漢行動。吉川隊長叮囑：「要幹得乾淨！」

三名大漢正要打開大門，卻發現大門被人用一大串鐵鏈反鎖了。孔銘從門隙看見了陽天，一個令「劉關張」三大幹部死掉的禍首。

於是，孔銘急叫眾人合力撞開大門，今次非把陽天墊屍底不可！

陽天離開之後，來到向明月約定的地點，沒有前路的死巷。記得在這裡……

他在揭開冷臉男人的真正身份前，聽到一股震盪空氣發出的嗡嗡聲音……

他在向明月發現他的前一刻，又聽到那股嗡嗡聲……

但這一次，他卻沒有聽到那聲音，一點也沒有……

陽天甫見向明月，便說：「阻不了他們太久，妳要找的地點就在這邊？」

向明月點頭說：「對，要找的是地下隧道的入口。」

馬岡則說：「據我的研究，從地下室伸延出來的那條隧道長達五十公尺，就是這個方向。」

陽天聽後環顧死巷，根本沒有可行的路，然後心念一動，走到那個溝渠上方，用力拔起那金屬渠蓋。

「甚麼方法，也要一試！」

三人好不容易進入既臭又濕的地下渠道，高度不夠三尺，三人只得蹲下來，望著前方溝渠口透來的微弱燈光前進。

向明月不嫌渠內何等骯髒，更用手指輕叩渠壁，咯、咯、咯、咯、啪！

「是這裡嗎？」馬岡馬上從工具袋拿出小鐵鑿，但陽天已用大馬士革鋼刀插入渠壁，用身體壓力逼破隱藏在背後的木製隔門，一陣刺鼻的惡臭迎面湧出。

陽天連忙轉身保護向明月，她從驚惶瞬間變回平靜。

馬岡掩著鼻子，一切看在眼裡，忍不住咬牙切齒。

陽天瞥見馬岡神色有異，便對向明月說：「由我先行。」

笑面虎看著四海酒家的頂級員工都來齊了，非常滿意。

可是，阿水再次跑來回報：「陽天不見了！」

「可能在找那個女生。」笑面虎吩咐招待：「來，多擺一個茶位！」

陽天被姓向的女生救了這件事，笑面虎當然知道。

地下隧道內，陽天手握鋼刀走在前面。他時刻防範，怕出現意想不到的敵人，尤其這麼神祕的地方，理應與外星異形有關……是吧？

向明月跟隨陽天背後，說：「把實驗室建在地底下，有這必要嗎？」

馬岡回應：「地下室的主要作用是避免陽光直接照射，加上——」

「到了！」陽天眼見地下室的環境，不禁大愕。

地下室內，有多盞壁燈在照明，可以看到中央擺放了三張實驗長桌，桌上有多組化學儀器。

右邊靠牆，有三座約七尺高的真空箱。

左邊的角落有一張辦公桌，文件亂放在桌面上。

吸引陽天注意的，是辦公桌左邊的一個入口，還有……

壁燈下有一條管道連接到地面，陽天希望自己猜錯。

向明月禁不住興奮，說：「真的，那份日軍文件是真的！在九龍城寨地下有日軍的毒氣實驗室！」

「妳錯了！」馬岡心情激動地說：「日軍可以讓這些電燈亮了超過七十年！可能發現了新能源！」

陽天沒有猜錯，但他不能說出來，這是黑隕石能源。他估計實驗室的運作是靠從地下傳來的黑隕石能源維持，幸好當時的科技未能把它的真正價值完全發揮。

可怕的是，九龍城寨現有的能源裂縫大都乾涸了，這地下室就像在沙漠發現了新的水源。一旦消息被城內的外星異形發現，恐怕會爆發不可想像的大危機。

陽天手上的鋼刀不禁顫動起來！

五行氣箭

第6回

MMXX

一天，陽昭在小閣樓的角落，發現了一本陳舊發黃的筆記簿，簿上載滿了父親陽天仔細記錄的多處可能與黑隕石有關的地方。為調查黑隕石及父親的過去，陽昭決定與春風一探究竟。

隨著筆記所示的地點，二人連日來踏上多個人跡罕至的離島，火石洲、赤洲、果洲群島、吉澳、甕缸群島……時而手足並用攀登陡峭山崖，時而乘坐小艇近距離觀察特殊地形。不論奇岩怪石、異質岩土還是神祕地貌，每到一處，便用儀器仔細偵測，希望獲得黑隕石能量反應的訊號。

然而隨著一次又一次的失望，他們漸漸感到事情沒有想像般簡單——香港雖小，只有千逾平方公里的面積，但要從二百多個島嶼中找到黑隕石能量，談何容易？

這日二人來到矗立在黃竹角咀盡頭的「鬼手岩」，狀如從海中冒出一個緊握的拳頭，指節可辨。那是塊非常古老的岩石，已有四億年歷史。由於連日來的舟車勞頓，春風有點體力透支，陽昭扶著她坐在附近的岩石上，面朝大海休息。

春風悠悠說：「你知道嗎？這裡的地貌是大自然遺下的鬼斧神工，看那赤紅的岩石、風化侵蝕的『鬼手』，大自然其實留下了許多訊息，人類卻懵然不知。」

「是的，人類實在太渺小了。」半晌，陽昭把多日以來積累的心底話吐出：「春風，這段日子妳伴我毫無所獲地四處走，我很感激，也十分抱歉，妳太辛苦了。」

春風反應意外，說：「說甚麼傻話？我反而不好意思呢！更何況，我們的偵查不是一無所獲的，你不是感覺自己跟父親的距離越來越近了嗎？」

「噢！妳怎會知道？」陽昭驚訝。

「每次到達伯父筆記指示的地方，你都會花很長時間去感受他的氣息，不是嗎？」

春風心裡知道，起初陽昭總是默默苦思，不告訴別人內心的想法。可是慢慢走過幾個地方，他非但沒有因為沒結果而灰心，反而更加堅定，還越來越起勁。

她繼續說：「比起我在神山初次見你時，你現在開朗多了，我想這是因為你踏著伯父的足跡，內心感到充實的原故吧。」

「是啊！都給妳看出了！」

春風嫣然一笑，像清爽的海風輕拂，令人舒心愜意。二人靜靜地聽著海浪聲，一時暫掃尋找黑隕石不果的陰霾。

春風忽然想到甚麼，「呀」的一聲驚呼，說：「我們一直在海邊低地考察，為甚麼沒想過要向高處偵查？你有聽過太平山山頂的『靈龜』嗎？」正因為是外來人，她反而比本地人認識更多要看旅遊書才知道的香港景點。

陽昭一拍大腿，說：「對！那裡有都市傳說的石龜！我們不該放過那裡！」傳說太平山石龜蠕蠕自山下登山，每年一米，登達山巔之時，即為陸沉之日。陸沉之後，僅許石龜獨留世上。又是一個滅世傳說！

「事不宜遲，趁時候尚早，我們動身吧！」春風說著跳下岩石。

「妳太累了，我們改天再去吧！」

「距離阿雷斯彗星來臨只有不足三年，我們還有慢下來的理由嗎？」

陽昭看著春風雪白的臉上燃燒著堅定的眼神。是的，已沒時間再猶豫了。

來到山頂的盧吉道已是黃昏時份。

二人爬過棧道來到石龜所在，但來來回回偵測了好幾次，儀器依然沒有任何反應。

其時正是日落西山，夕陽餘暉把雲霞照得橘紅。不消一會日照隱退，山下萬家燈火點點亮起，世界知名的繁華夜色在眼前燦然盛放。

陽昭忽然感慨：「一億年前，這片彈丸之地不過是個隕石坑，但人類憑著努力創建出繁榮，成就出引以自豪的城市。要是阿雷斯彗星真的波及香港，百年繁華便會毀於一旦。可是此刻的我，對這城市的黑隕石依然茫無頭緒……春風，我真能像父親一樣解救未來的危難嗎？」

春風搭著陽昭的肩膀柔聲安慰：「當然可以，你是陽昭，這是上天賦予你的大任！我會全力支持你的！」略感不妥，急忙補上一句，「當然虎將也會！」

陽昭側頭看著春風。她的臉在夜色中少了一分剛強，多了一分柔美，秀髮在晚風中飄蕩，有一份出塵的氣質。看著困惑的自己，她似乎比誰都要緊張著急。世上能有人明白且默默地支持自己，夫復可求？

他忽然意識到自己太粗心大意，居然從沒好好體貼過眼前這個不問原由、就陪自己四處闖蕩的女孩。他脫下風衣，披在春風身上，握著她的手。

「走吧！今天妳累壞了。我們回點石齋跟孫伯伯吃晚飯，跟他說說我們這幾天的事吧。」不再是孫生或老闆，而是孫伯伯。

春風抓著風衣，低頭默默地走，她其實不累也不寒，只是不捨得破壞此情此景。迎面而來一對對周末閒逛的戀人，她希望這條步行徑延長再延長，最好永遠也走不完。

這一天，太陽從厚雲中爬出來，一掃昨天的陰暗。

孫行土帶陽昭和春風來到九龍寨城公園，他認為陽昭有必要知道更多關於父親的事。

舊地重遊，他不勝唏噓。當初密不見天的罪惡之城，變成了今天江南園林的佈局，完全抹殺了昔日搜神局兩位特工於城寨日追夜捕的歷史。

在這塊土地上，老孫在一九八七年認識了陽天，最後在一九九九年送走了陽天。

兩天前的晚飯，又是孫行土喜歡的潮州打冷。他又點了大眼魚和鹵水鵝肉，多加一罐啤酒，邊吃邊聽陽昭如何循父親的路徑，一一查探黑隕石墜落的可疑地點，雖然最終一無所獲，但孫行土卻看出陽昭的堅毅、耐心和機敏的心思，這正是搜神局特工需要的特質，亦是當日陽天所以引起孫行土注意，並將他帶入搜神局的原因。

眼前人有著與陽天一樣的輪廓，眉宇間一樣透露出對正義那近乎執拗的態度，令孫行土倍加思憶故人。

孫行土自斟自飲說：「陽天……我真替你高興，你有這麼一個出色的兒子……」話未說完又醉倒了。陽昭和春風又好笑又無奈，合力把他抬回點石齋的酸枝長椅上。

孫行土雖醉了，但醉得很清醒，亦很快慰——陽昭不是普通孩子，陽昭也不是陽天。他幾乎可以肯定，陽昭將會比陽天更強大，成為更出色的特工。睡夢中，他再次看見一個身影向天拉動神弓，一個火球在天上轟然炸開……

三人穿過了保存至今的衙門辦事處，走前欣賞那個銅鑄的九龍城寨縮小模型。

「孫伯伯，你今天跟往日有點不同呢！好像……帥氣了？哈哈！」春風笑說。

九龍寨城

孫行土穿一襲棕色長袍，神清氣爽。自那夜酒醉後，孫行土好像忽然換了個人，連本來模糊的眼神也銳利起來。

陽昭問：「孫伯伯，這個公園跟黑隕石有關嗎？為何一大清早帶我們到此？」

「陽昭，這裡是你父親離世的地方。」孫行土沉著臉，以前所未有的嚴肅態度直視陽昭，說：「一九九九年，你父親就在這裡與外星異形拚死一戰，壯烈犧牲！我帶你來，是要你好好想清楚，黑隕石和阿雷斯彗星不是個玩笑，你要是決心繼承父志，就必得明白當中的凶險。」

說出了「壯烈犧牲」這四字，孫行土終於面對現實了。

一九九九年九月九日九時九分九秒，陽天帶領盟友迎戰神話時代的六大兇獸遺裔，在四維空間展開一場正邪生死戰。戰後，邪派大敗，只餘下名為「鑿齒」的一隻兇獸遺裔僥倖離開，而勝利的正派則全員陣亡——陽天死不見屍，其餘成員各以不同的形式死去……有些心死了，不再理會地球安全而退出，亦有些如行屍走肉般度過餘生，孫行土就是其中一個。那場大戰，在搜神局的檔案中定名為「九龍城寨遺跡大戰」。

陽昭顧盼四周。公園當然沒留下任何大戰的痕跡，只有休憩的公公婆婆、拉著小狗玩耍的小朋友。他心頭一熱：「平安，從來不是天賜，而是需要勇氣去守護！」

「孫伯伯，我都明白了！」陽昭無比堅定，說：「我從馬來西亞回來，就是為了加入搜神局，阻止阿雷斯彗星滅世。我明白當中的風險和後果，我，決不後悔！」

孫行土盯著陽昭，從那倔強的眼神中，他似乎看到搜神局的新希望。

回到點石齋，孫行土旋開了地下一層又一層複雜的機關，走過長長的暗道，引領陽昭走進了特訓場。

「踏進這裡，你便需要接受各種特訓，通過考核才有資格成為搜神局的初級特工。」

陽昭心想，終於可以正式面對搜神局的考驗了。於是，他環顧一圈，馬上被身旁一幅掛滿各色弓箭的牆迷著。

「對，這些都是你父親曾經用過的戰鬥裝備，你看。」孫行土一指，百步以外就有一個不斷轉換位置的箭靶，模仿實戰中的敵人。陽昭二話不說，抓起牆上一套赤紅似血的弓箭一

一九九九年，公元第二個千年走入尾聲，也是新世紀與舊世紀的重要分歧，各種世紀末異象都在一年內反覆出現。末日預言的「恐怖大王從天而降」，新世界的「救世主」現身……人類歷史本應在那一年終結，卻因為這場大戰得以延續。

射——「嗖」的一聲，正中紅心。

「嗯，不錯。但與你父親仍有一段距離……」孫行土踱步至陽昭身旁，倏地一手抄住弓頭，逆時針畫個半圓，弓瞬間從陽昭手中被奪去。孫行土原地轉身，向著箭靶方向一射，幾乎不用瞄準就正中紅心。

「你原可以更快命中目標，卻因一些無謂的假動作拖慢了整套功夫，在實戰中，半秒已是生死存亡的關鍵。還有，你父親是從來不會讓自己引以為傲的兵器脫手的，你一定要記著這點！」

被如此一激，陽昭更加提起幹勁說：「孫伯伯，沒想到你的箭術也是如此高明……」

「哈！傻小子！我算甚麼？來，過來看你父親的厲害！」

「我父親？」

「你不是一直想見你父親嗎？」

「當然了！可是怎麼見？」

「只要你想，就能見！」

孫行土把陽昭帶到一個密閉房間，四面牆連天花地板白得看不見任何縫隙，讓人覺得好像浮游在無盡的空間裡。

「這裡是假想修行場，只要你想像到，腦海裡的人物便會出現跟你競賽比拚。你敢不敢領教你父親的厲害？」

「我怎會不敢！」

陽昭馬上按孫行土的指示，閉目靜心在腦內默想父親的形象。一睜眼，一支木箭疾如閃電地在眼前橫過，轉頭一看，不正是父親陽天？嚴格來說，那是二十歲初入搜神局時的陽天。

「爸爸！」陽昭激動得聲音都抖顫起來。

「來！跟爸爸比箭，給爸爸看看你的本領！」

兩父子朝著箭靶連珠發射，陽昭內心激動，箭射得比往常差。

「兒啊，這是爸爸的最後一發，你要好好看清楚！」

陽天向天打開手掌，只見紅黃白黑綠五道不同色彩的「氣」慢慢集攏在五指之上，再延至手臂及全身，整個人被一道強大的五彩氣場所包圍。這時陽天拉弓一射，「轟」的一聲巨響，箭靶被摧毀個稀爛！

「啊！這是甚麼？」陽昭大驚，「那支箭，怎會這樣？」

「這是氣箭！」陽天的影像褪色消散，陽昭伸手欲觸也來不及。可是，他擺脫了那份日思夜盼的喜悅，認清楚剛才的「父親」只是由父親生前練習的數據資料形成的人工智能，所感受到的是真也是假。

孫行土又回來，說：「陽昭，這是你父親獨門的『氣宗』力量，以及五行屬性的氣箭！」所謂的五行屬性，就是金木水火土，化成氣箭，紅色屬火，黃色屬土，白色屬金，黑色屬水，綠色屬木。

陽昭看著粉碎的箭靶，心想自己視為禁忌的火焰異能，原來只不過是五行氣箭的其中一種，內心那顆誓不低頭的火又再熊熊燃起。無論如何，要守護這城市，他一定要練成「五行氣箭」！

第七回

日與月

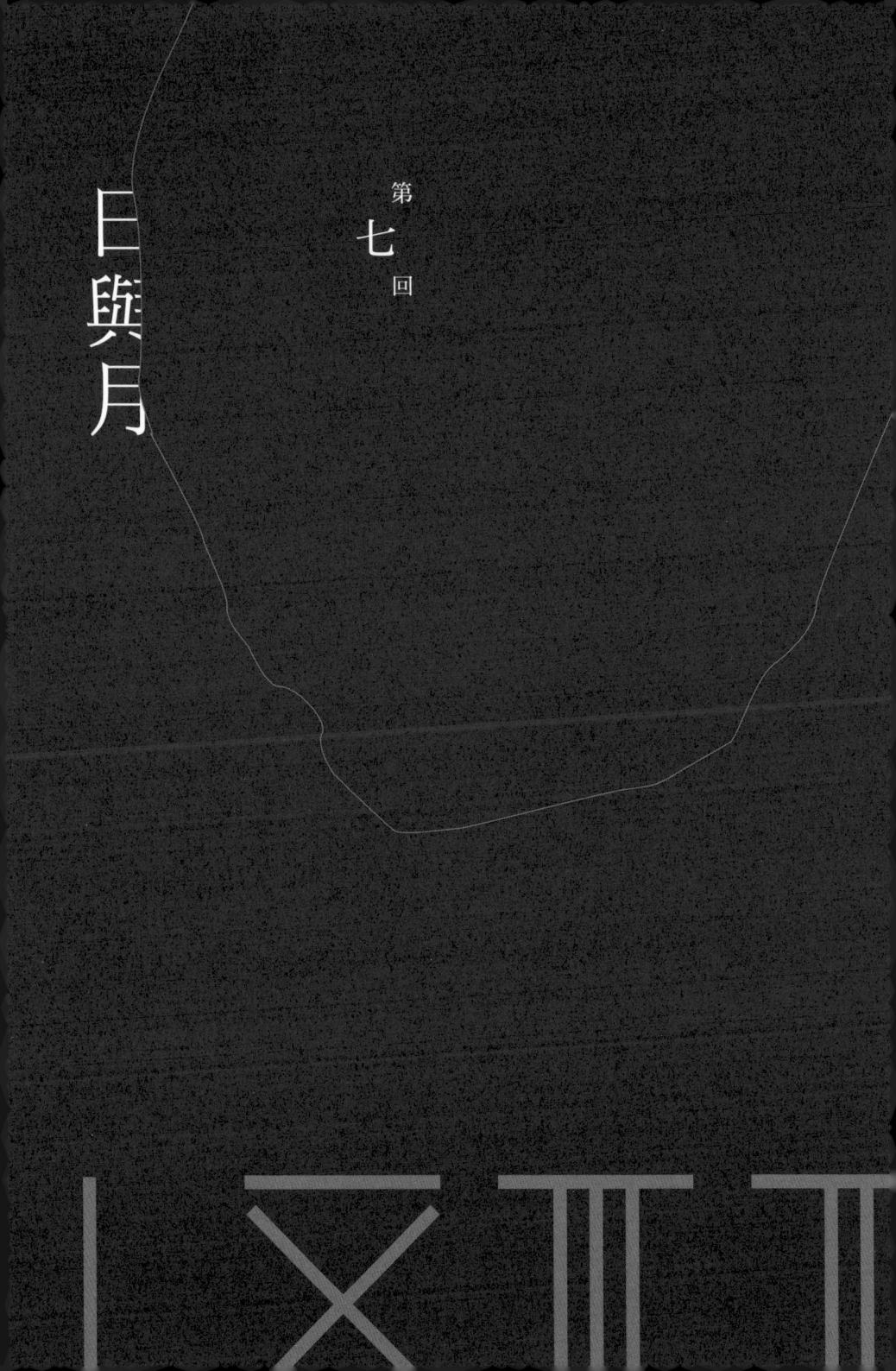

晚上七時，九龍城寨四圍的店舖同時收到了一個天大消息，足以令它們在十分鐘內全關起來。

「北天王」呂烈親征！

呂烈騎著那輛血紅色的重型電單車「赤駒」，霸氣地飛馳在馬路上。他專用的合金武器「方天戟」昂然八尺，豎立在大路入口。

呂烈一手執起方天戟，舉戟大喝：「殺陽天！」後面湧來他過百位手下，人人手持長刀，高聲呼應，鋪天蓋地殺過來。

殺陽天！殺陽天！殺陽天！

回音響徹全城寨。

不止來自五湖四海的人類聽見。

就連來自不同銀河系的他們都聽得見。

笑面虎也不例外。

因為「北天王」親來，無疑是向「西天王」挑戰。

沒完沒了的鬥爭，今晚一併解決！

呂烈從來不怕其他三大王，只怕遠在日本的那位天皇。

不，天皇不可怕，天皇的幕僚才可怕。近年急升的日圓是他們的武器，可以像原子彈般，一下爆毀「北天王」在香港及日本兩地的生意。

早在《中英聯合聲明》宣佈之前，呂烈便暗地在日本東京另植勢力。多得天皇的幕僚幫助，方可在新宿一帶落地生根，但相對地，呂烈要成為「漢奸」，保護他們在香港的「財產」於「過渡期」得以安全過渡。

實際上，日本考察隊就是天皇的幕僚派來香港，清洗藏在九龍城寨的歷史污名。

呂烈的「赤駒」直衝入城寨，突然出現了攔路猛虎——不笑的笑面虎。

笑得痛快的是他身後的過百位兄弟，因為他們即將可以和猛虎並肩作戰，這是一份榮譽。

呂烈猛力加油，舉戟傲叫，笑面虎雙手揮起兩個拳頭，飛身攻向呂烈！

同時，呂烈的手下救出了被困的日本考察隊和孔銘。孔銘覺得丟臉丟到地底，吉川隊長眼神兇狠，說：「我剛才看到那個女生所走的方向……」

地下室內，陽天面對著意想不到的難題，向明月與馬岡竟在這關頭產生了分歧。

馬岡說：「那份機密文件提及過『黑色氣體』，所以我最初以為是毒氣，原來是一種未為人知的氣化能源。阿月，這是關乎國家名譽的發現！妳明不明白？」

向明月堅決地說：「不！這裡是世人未知的日軍惡行證據！」

馬岡不同意：「不可以用揭發歷史罪行為理由，貶抑這次國家級大發現，我要求香港政府保留這城寨！」邊說邊走近向明月：「阿月，來，妳是我最愛的——」

向明月搶白：「馬講師，第一個發現這裡的是我！你無權阻止我公開！」

馬岡抑止不了激動，怒意上臉，大聲說：「妳那份日軍機密文件，是我給妳的！忘記了嗎？也就是，我和你都是第一發現者！向．同．學！」

「……這裡並不安全。」陽天強裝鎮定，實為擔心。他打算先騙眼前二人離開，再立即通知正在附近當值的孫行土前來處理。

不管用甚麼處理方法，都代表了要徹底毀滅二人的研究心血。

如果實驗室的管道真的直通泉源——巨型黑隕石，定必會掀起潛藏在城寨的外星族群激烈爭奪。

猶如天秤一般，向明月的信任從馬岡傾向陽天，便說：「要走，就一起走！」

馬岡推手反對說：「我要留下來。你們出外報警，不要給其他人進來，我守在這裡，不許礙事的人前來。」言下之意，是要排斥陽天在外。

陽天加強語氣：「馬講師，你要冷靜！這裡真的不安全！」

馬岡大聲反斥：「你說！有甚麼不安全！一切都是你這個人搞出來的！」又望向向明月說：「若不是他出現，今天晚上，我已向妳——」

陽天決定用強硬手段，準備用壓制術把馬岡弄昏，然後挾他離開這實驗室，事不宜遲——

就在陽天距離馬岡一尺多時，那股震盪空氣的嗡嗡聲音，像箭矢般直穿陽天大腦，全身經脈被衝擊得一片紊亂！

馬岡見狀，趁機推倒陽天，陽天腳步不穩，接連跌撞到身旁幾張實驗桌，乒砰數聲，很多玻璃器皿全碎在地上。

馬岡伸指連續大罵：「喂！你在幹甚麼好事！」「你這歷史罪人！」「給你這低等生物進化成人類，我恥與為伍！」

突然，有一隻手從旁按著馬岡的左臉。

砰！馬岡整個頭顱大力撞上實驗室的牆壁，一下，再一下！

最後，牆壁乍現裂痕，馬岡面目破爛，倒在地上，奄奄一息。

牆上那盞壁燈在閃動，映照偷襲馬岡的孔銘，還有隨後而來的日本考察隊。

看著孔銘滿手是血，陽天和向明月不禁靠在一起。

孔銘咧嘴而笑：「陽天你這傢伙，真會害人，兩個大好前途的男女，就這樣給你陪葬！」

吉川隊長冷冷用日語下命令，其他隊員利索地拿出一瓶瓶液體，灑滿所有桌面，散發強烈的腥臭。

向明月連忙告訴陽天：「糟了，他們想銷毀這裡的罪證！」

孔銘意氣風發地說：「就送你們一程吧！」說時拿出打火機，卡嚓點火。

陽天手握鋼刀，低聲對向明月說：「阿月，我數三聲，妳立即跑出去，千萬不要回頭！」

向明月驀感不安，說：「陽天，你……」

陽天眼神堅決，把心裡深藏十年的真心話清清楚楚告訴向明月。

「相信我……日與月重逢，不是偶然，是我多年的盼待！」

向明月聽後，信心不知道從何而來，大力握緊陽天的左手，點頭示意準備好了。

陽天開始數著——

「一！」地上垂死的馬岡竭力呼吸著……

「二！」牆上裂縫滲出了稀薄的黑氣……

「三！」黑氣糾纏著微量的黑色電流……

向明月聽到「三」時，馬上拔足狂奔，陽天亦衝步揮刀，颯聲一響，斬斷了孔銘持著打火機的手，斷手隨即飛向吉川隊長，啪聲正中他的面門！

吉川隊長怒吼日語「馬鹿」，但「鹿」字未完，陽天的鋼刀已壓在他的頸上。

陽天狠狠望著吉川隊長，說：「STOP！」

吉川隊長只好用日語叫停，日本考察隊全部成員都停下手。而孔銘痛得滾地，按著傷口，像殺豬般大叫。

突然，門口傳來了向明月的驚叫，引得室內所有人立即注視她那邊。

只見原本快要死掉的馬岡，緩緩從地上站起，拉著剛走到門口的向明月左臂。

向明月見馬岡使勁吸著一絲絲的黑色氣體，卻不知黑氣一進入他體內，便急速鑽破細胞壁，連接上遺傳訊息，瞬間重組基因，回溯至一百萬年前的原人狀態。

在幾秒間，馬岡全身急脹，毛孔生出凌亂長毛，口腔暴出尖銳獸牙。

陽天猛然想起，黑隕石元素會令生物細胞產生異變，結果難料好壞，但馬岡的返祖異變，實在很難說好。

向明月奮力掙扎，馬岡的獸爪反而越抓越深。爪尖插入了衣衫，滲出血來。

就在此時，斷臂的孔銘剛好退到馬岡腳邊。馬岡一手抓起孔銘的頭顱，不斷往地上狂撞，直至頭顱粉碎得從掌心溜走為止，飛濺的血漿多少濺到向明月的臉上和身上，令她驚惶大叫。

叫聲甫出，大馬士革鋼刀破風而來。馬岡染血的獸爪及時擒著刀身，陽天情急與他角力。銳利的爪尖深深刮傷刀面上工藝已失傳的紋路，發出了極為刺耳的金屬聲音。

陽天心念一轉，棄刀埋身，一招太極拳的穿掌打中馬岡咽喉，令他氣息一窒，雙爪登時鬆開。陽天抄回鋼刀，猛力劈向馬岡無防禦的胸膛，刀身嵌入一半，鮮血直湧。向明月連忙按住傷口，退到另一邊牆壁，驚魂未定。

陽天乘勢抽刀，走到向明月身邊，欲拉住她逃離地下室之際，一陣熱風急湧而至。整個實驗室突然變成火海，連門口也被波及，把二人的退路封死。

馬岡望向燃燒的實驗室另一邊，吉川隊長手拿燃火器，和其他成員並排而立。吉川隊長紅著眼，大喊日語「神風」，全體同時點燃身上外衣。考察隊成員一個又一個衝向實驗室不同角落，吉川隊長則衝向變異的馬岡！

向明月大感不妙，急忙拉著陽天，躲到她直覺認為安全的地方。

在太平洋戰爭末期，日軍曾採用名為「神風」的自殺式戰術，命令空軍機師駕駛載滿炸彈的飛機，撞向美軍的戰艦爭取勝利。

正當馬岡出爪攻擊吉川隊長的身體，強烈的火光和高熱突然從吉川體內爆發出來，把馬岡的怒吼淹沒。

實驗室連續發生好幾次爆炸，滿室物件被炸得粉碎四濺，連牆上的壁燈亦全數被爆風所毀，稀薄黑氣飄散而出……

不久，實驗室回復平靜，滿目瘡痍，只有幾處未熄的火堆燃燒著。

可是，那個被爆炸傷及半邊身體的異變原人，正貪婪地吸收隨氣流散出的黑氣。他的身體徐徐膨脹，傷勢急速復元，從新生肌肉上伸出很多骨質銳刺，嘴裡的獸牙更伸長半尺，宛如劍齒虎牙。突然，異變原人咬緊牙齦，牙關滲血，背部爆出啪喇兩聲，展開一對帶血的四尺翼骨，慢慢長出層層疊疊的灰色羽毛。

不遠處，有兩人從儲物室中看得目瞪口呆。

雖然他們都聽過人類由來的學說，不過向明月所知的是進化論和上帝造物論，而陽天則看過搜神局的機密文件，曾提及一個異端說法，人類是外星異形利用不同物種基因交集而成的，放在不同星球牧養，其中一個是地球。

爆炸前，向明月拉著陽天躲進儲物室，只遭受到輕微的爆風，二人都沒有受傷。可是馬岡的進一步異變，卻儼然減低他們的生存機率。

陽天不禁閉目盤算下一步，只有犧牲其中一人，另一人才有逃脫機會，但成功機率仍然不超過七成。

「陽天，你看！」向明月忽然中斷陽天的計算。

陽天張眼一看，向明月拿著一柄劍面鑄有黑色菱形暗紋的青銅劍。她重燃希望地說：

「它是越王勾踐劍，工藝勝過大馬士革鋼，應該可以對抗馬岡！」

陽天回過神，環顧儲物室，只見四處擺放著噴上中國地名的大型木箱，其中好幾個因為剛才的爆炸倒地裂開，露出裡面的收藏品。越王勾踐劍來自湖北江陵，他心想，這儲物室原來是日軍收集中國古文物的祕密倉庫。

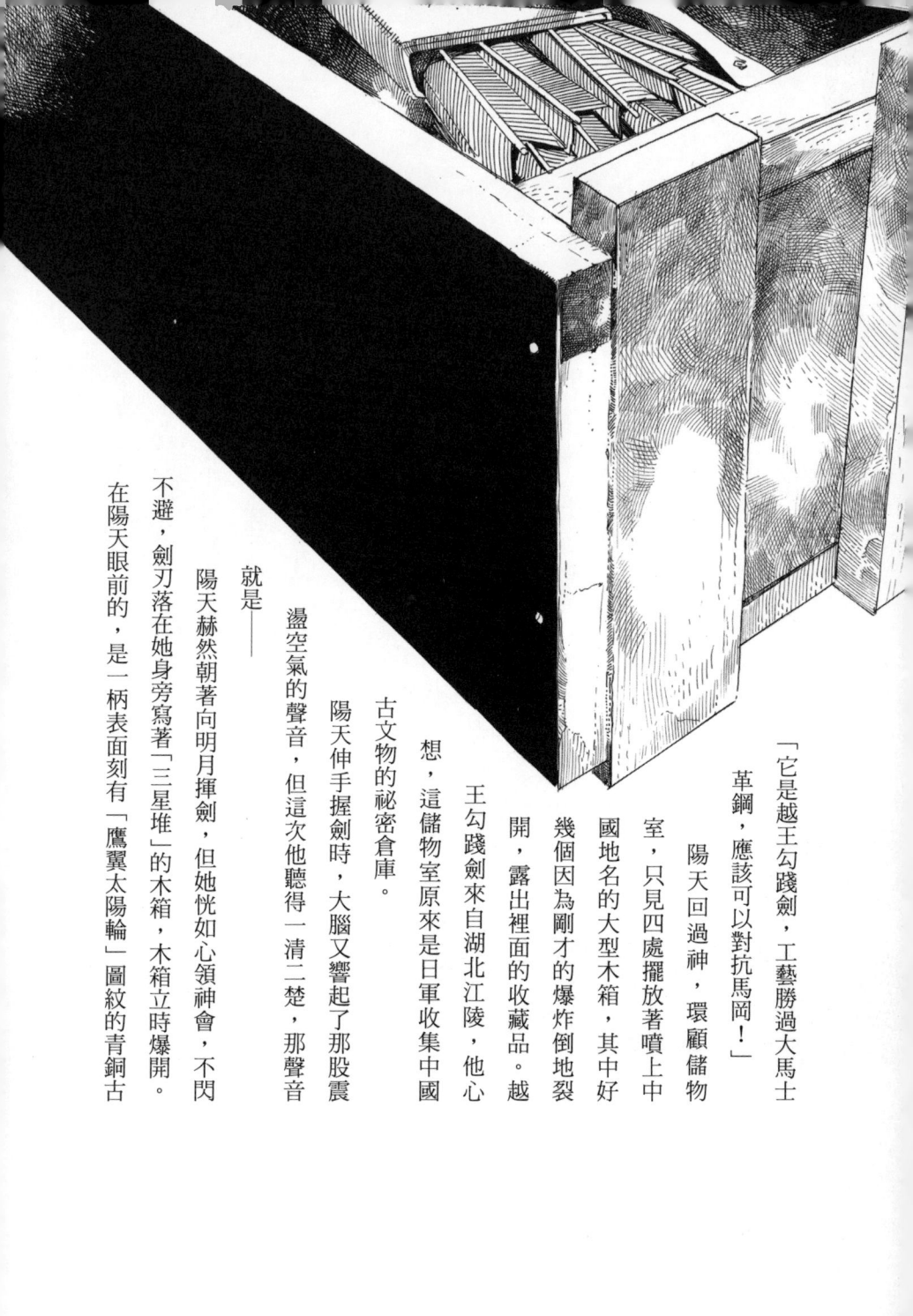

陽天伸手握劍時，大腦又響起了那股震盪空氣的聲音，但這次他聽得一清二楚，那聲音就是——

陽天赫然朝著向明月揮劍，但她恍如心領神會，不閃不避，劍刃落在她身旁寫著「三星堆」的木箱，木箱立時爆開。在陽天眼前的，是一柄表面刻有「鷹翼太陽輪」圖紋的青銅古弓，以及插有多支古箭的獸皮箭筒。

弓弦微微震動，陽天完全聽進耳內。

「是它一直叫喚我！」陽天回想第一次來到死巷，就聽到這聲音；第二次他受重傷，迷糊間聽著召喚而來。今次終於因為弦動聲，找到這柄古弓！

「三星堆？傳說與外星人有關的古蜀國？」向明月不敢相信，被列為國家至寶的古文物竟在日本侵華期間被盜走，此刻出現在她眼前。

外面傳來了拍翼聲，剛才還是馬岡的異變人正望向儲物室的二人。

向明月執劍擺出迎敵姿態，大聲說：「陽天，我不想死！我要出去告訴世人，我和你今天的一切經歷！」

陽天聽到她這番話，心中燃燒熱血，霍然執起青銅古弓，在腰間掛上箭筒。明明他從未射過箭，為何曉得如何搭箭，如何運用左肩力量拉弓？

箭尖瞄準步步進逼的異變人，陽天心無雜念，等待箭羽離開指縫的一刻。

可是，陽天的腦海這時候卻泛現一幅不可思議的情景——

現時出土的古蜀國青銅器，多是祭祀用的祭器，戰具則少之又少。相傳古蜀國人創造了銅製長弓，弓身的韌度高且彈性佳，媲美紫杉木弓。難怪後世學者都認為這是混雜了地外文明的黑科技。

大地烤焦，莊稼乾枯，天上同時出現十個太陽。有一人拉太陽輪弓，異箭連發，怒射禍害世人的九日。

那箭手的樣貌，令陽天大嚇一驚——

為何二人會擁有相同的面孔？

陽天心神急遽回到現實，古箭已咻聲飛旋而出。

箭鏃帶著他難以解釋的疑問，直射飛翔來襲的異變人！

神與人

第8回

MMXX

香港的秋天很短促，來了去了，忙碌的城市人可能都不察覺。那份帶著濃濃秋意的爽風，吹送了三位與陽氏父子息息相關的人物回到香港。

同一天，他們三人早午晚各自離開機場，前往這城市不同角落。

中午時份，站在麗宮戲院原址的男人，回想起一九八七年秋天，自己最後一次在院內欣賞《亂世佳人》的情景。昔日種種恩怨情仇，那時候已隨風而逝，最後釀成了一九九九年九月九日九分九秒那次無可挽回的決裂大戰……

想到這裡，他拿出兩支香煙，卡嚓點火，深深一口吸盡，那隻已瞎多年的左目流出了紫藍色血淚。

最後，他把兩個尚未全熄的煙蒂烙在眼前的宣傳海報上。

「神與人——三星堆古文明展覽」

下午時份，陽昭和春風都要出外修行——繼續與一個難纏的「泰國佬」洽購一批夜叉像，因為搜神局懷疑這批二百年前的文物，在製作時混入了微量的黑隕石元素，為免它們流出市面，於是請香港分部必須低調地處理。

在點石齋的小閣樓內，孫行土正與一個祕密來訪的人敘舊。

「孫前輩，後天有一個關於三星堆古文明的展覽，不少國寶級文物都會運送到香港展出，而三星堆古文明和黑隕石更是息息相關。」這位先生一向喜歡稱孫行土為「孫前輩」。

孫行土強行壓抑內心的激動：「難怪『那個人』……會再次回到香港，這樣就有機會調查出當年陽天失蹤的真相！這次不能夠再失敗，否則真是不知道如何面對他的兒子。」

這位先生聽到孫前輩的說話，一聲長嘆，沉默了好一會才回應：「任何人都不希望失敗，但是如果害怕失

陰陽師並非古代日本獨創，而是陰陽五行學說於中國隋代傳入日本時所產生的官職。他們通過修習陰陽道，從事占卜、看風水、天文觀測和制定曆法。後來，陰陽師的職責逐漸超越律令範圍，涉及預言、巫術和祭祀。中世以後，在民間進行預言、占卜、捉妖伏魔等的人也被稱為陰陽師。

敗，面對生活或是工作，都只會變得消極，壓抑開拓和挑戰新領域的精神。如果只是追求所謂安全第一，我們的工作就完全失去主動和積極了。」

孫行土難掩唏噓：「有時候我回想起來，代價未免太大了。」

這位先生回應：「有一位陰陽師跟我說過，日本有一句諺語叫做『敲敲石橋再過』，意思是即使眼前的石橋很堅固，也不妨先敲一敲，確認了安全才走過去，比喻謹小慎微的意思。但如果敲了半天仍不過橋，或是認為自己沒辦法走過去，就未免太膽小了。」

孫行土輕咳了幾聲：「你是在說我很沒出色嗎？」說時，右肩上的戰鬥機械義肢「阿修羅之臂」發出吱嘰吱嘰的反對聲音，像是表示將近七十歲的他，復仇之火從未熄滅過。

「不。」這位先生截停了孫行土，繼續說：「我意思是，即使做到最小心謹慎，也不代表一定成功，一切仍有犯錯的可能性。我們在哪裡跌倒，就要在哪裡站起來，思考如何善後處理。與其執著不想失敗，倒不如在事情發生後再考慮也不遲。」

「其實，陽昭已遠超我所預期的優秀。」孫行土滿懷希望。

截至昨晚，陽昭已留在假想修行場四十小時，不眠不休，觀察不同年齡的「父親」所發的五行氣箭。

陽天廿三歲時，成功把體內受黑隕石元素變異的力量化成氣，利用五行的理論，從一而五，聚氣於手掌五指之中，發揮金木水火土屬性威能。

廿五歲，他練成五行歸一。宇宙從大爆發中誕生，膨脹至極限後逆向塌縮，最終又聚合在一點死亡。溯始同源，殊途同歸。正因經歷過演化，聚合的力量才會更強。

廿七歲，他達到化氣成弓的境界，弓箭的類型和特性可隨心而變。

之後直到陽天三十二歲死去前的紀錄，陽昭沒有存取的權限。

陽昭發現，自己好像在不知不覺中，偷步學成了火焰弓箭的異能，完全跳過父親當年揣摩、嘗試、改錯和研究等階段。因此，他決定從頭學習，逐步前行。幸好父親遺下的紀錄已是去蕪存菁，他自信能短時間內掌握到五行氣箭的「形」，而「神」則要靠日後努力不懈地累積。

這四十小時中，陽昭遇到不下十個難關。每逢這時候，春風都會送來零食和飲品，二人坐在道場地上邊吃邊聊。有賴春風曾跟師父夜鷹學習中國醫理，懂得人體內陰陽五行之道，替陽昭解開不少運氣竅門。雖然如此，過了一關，又來一關，陽昭每次都要重新練習。

最後，陽昭離開道場時，春風已不知道他到了甚麼境界。他帶著倦意說：「待我們可以出動時，妳便會知道啦……好睏呀，明天要見那個麻煩的泰國佬，精神不好，很容易吃虧的。」

這位先生哈哈的笑起來：「孫前輩，所以我們要向年輕人學習。即使遭到挫敗，只要能夠活下去，一切也只是恢復原狀，回到原點而已，而且，每個人都具備了從零開始的能力。這個世界並沒有所謂失敗，在挑戰期間，持續挑戰，就永遠沒有失敗，只有放棄的當下才是失敗。」

孫行土：「這些說話，又是那個甚麼日本陰陽師跟你說的嗎？你告訴他，我孫行土是個戰士，不過也懂得他在說甚麼。」

這位先生微笑：「不是啦。這是佛偈中『本來無一物』的狀態，這才是真實的自己，不要害怕，持續挑戰。我希望香港分部能保護當中遠古的黑隕石，以防覬覦它的邪惡勢力前來。」言下之意，笑面虎即將出現。

孫行土立下決心：「我們的挑戰，將會在香港歷史博物館上演！」說罷，孫行土向這位先生敬禮。論職位，孫行土是高級特工，這位先生是亞洲地區總部長。

這位先生滿意地離開，還留下一份禮物給那位故人之子。

晚上八時，點石齋休店。孫行土跟陽昭及春風，三人一起圍著電腦，看香港歷史博物館的記者招待會網上直播。

這次展覽的女策展人方嬅，正在接受來自世界各地的傳媒訪問。貌近四十歲的她，語氣溫柔地說：「這次展出了廿二件來自三星堆博物館的國家一級文物真品，無論是威嚴肅穆的青銅縱目面具，還是耀眼奪目的金杖，抑或是國內最大青銅文物的神樹，都彰顯古蜀國文明非凡的藝術想像力，與驚人的創造力。」

被問及何以主題是「神與人」時，方嬅娓娓道來：「三星堆出土的青銅古文物，包括面具、神樹、立像和其他器具，它們的主題和造型都混合了神話元素，完全超脫了人類的形象。有外國媒體甚至科學家猜想，這些文物都是為了讓人與神建立溝通關係而製造的。」

訪問最後，有外國記者問方嬅，古蜀國人心目中的神是指上帝、真神，還是一些不為人知的自然神明？方嬅非常禮貌地回答：「後天來展覽現場，你可能會在眾多古文物包圍中，參透得到你想知道的答案。」

春風看了這個訪問片段，滿有疑問地說：「陽昭，這女人有點古怪，偏偏我又說不出來。」於是，她利用點石齋的電腦，通過人臉辨識系統尋找方嬅的資料，不出十秒便列出了簡歷。方嬅，資深的文化策展人，一九八零年出生於海南，現年四十歲，父親是軍人，母親是農民……之後一大堆資料都是學歷和各類申請的紀錄，甚為尋常。

可是，春風沒有消除對她的疑心。一個尋常的人，竟辦成一個不尋常的展覽。

陽昭看完這場網上直播，深呼吸調理情緒，一種莫名的壓力湧上心頭。他深深了解凡事緣起自有因由，今天自己和孫行土及春風彼此站在一起，其中就有某種緣份。

孫行土拿著一個今天下午才收到的六手阿修羅像，造型是一個壯碩大個子，伸出三對強而有力的臂膀，與店內那個過時量子發訊機的古典佛像造型完全不同。

突然，從六手阿修羅像中發出了那位先生的聲音：「各位前輩和新進，大家好！我正式任命陽昭及春風成為搜神局的初級特工，首個任務就是調查三星堆文物展覽的背後真相！」

陽昭和春風對這個突如其來的安排呆在當場。

孫行土呷一口啤酒，吐一口氣，說：「既然我們三個都是特工，以後你們不要再叫我孫伯伯，要叫老孫，聽到沒？」

距離行動只有廿四小時。行動策略、武器裝備和應變措施，統統都沒有。

陽昭知道有機會面對殺父仇人，難掩忐忑不安的心情。

孫行土拿過一罐冰凍的啤酒給陽昭，說：「大膽點，好好享受你們的第一次吧！」

聽此，春風搶白老孫不要為老不尊，陽昭則是帶點興奮和期待。

第九回

異能大戰

不管氣化的黑隕石元素有多稀薄，只要有一丁點味道，都足以讓渴求者瘋狂。

很多外星族群至今仍緬懷三百年前，黑隕石元素取之不盡的美好時光。二十年前，城寨內不少裂縫開始乾涸，部分族群決定放棄在城內苟延殘喘，寧願到城外發掘其他替代能源。包括龍族在內的其他族群，卻對這種退而求其次的想法嗤之以鼻，畢竟只要少量黑隕石元素，便足夠維持他們在地球生存一年所需。

只有少數外星異形敢作出最壞的猜想，能源不是乾涸了，而是被幕後黑手半途截取，囤積居奇，造成供應恐慌，再從中得到最大的利益。

到底誰是幕後黑手，卻沒有人敢調查，因為他們知道，那黑手絕對惹不得！

九龍城寨內，殺聲四起。血跡濺在牆上那些牙醫廣告和色情場所海報上，受傷待救的人們隔一兩條巷便有一個，身首異處的屍體超過十具。不少居民在樓上瞥見一下，便不敢再走近窗前。

鮮血滿地的大路上，笑面虎奮力舉起重逾千磅的巨型電單車「赤駒」，雖然青筋爬滿臉上，但他卻笑了，不理身上多處傷口流血不止，他繼續笑了。

十尺外的呂烈心忖，今天終於一見笑面虎殺人的笑容。那麼，呂烈也要讓他見識方天戟一招分屍的厲害！

笑面虎猛叫著擲出「赤駒」，飛襲呂烈。呂烈用戟柄借力，拔地而起，踏上飛來的巨型電單車，揮戟於半空畫成半圓，直劈而下！可是，不見笑面虎在地上。

呂烈大愕之際，笑面虎從天而降，雙拳如雨，打得呂烈重重墜地。拳動血濺，笑面虎狂笑不止。突然，染血的戟刃破笑面虎背部而出。原來，呂烈趁對手狂攻不覺，按動戟柄上的機關，戟刃貫穿笑面虎腹背。

笑面虎雙拳終於停下，但不退半步。呂烈隨即翻身至數尺外，抹過臉上的血，問：「厲害，不如我們結盟吧！兩大勢力合璧，比警察人數還要多！到時候，不止城寨，香港也由我們話事！」

笑面虎不為所動：「今天，我為的是兄弟！」他兄弟近萬位，但呂烈知道，他說的是陽天。

呂烈多說無謂，踢起地上兩柄長刀，左右持刀衝向笑面虎。

笑面虎也不拉出戟刃，重步踏前，猛力握緊拳頭，準備揮出。

場上兩方餘下的西涼兵和兄弟，也一起衝向二人作最後一戰。

就在此時，城寨各處不約而同傳出一陣陣騷動，無法形容的叫聲此起彼落，失控地持續近半分鐘，震撼了這無法無天的罪惡之城。

笑面虎聽到，呂烈也聽到，所有在拚鬥的人都聽得到。

正隻身衝入城寨的孫行土不可能聽不到。

孫行土知道，令外星族群騷動的原因從來只有一個，就是黑隕石的味道。他身上的傷痕在躍動，彷彿感到一場前所未有的戰鬥即將爆發。

大路上，所有人禁不住停下戰鬥。笑面虎不敢再笑，語調亦不如平日般豪氣，竟然半帶驚慌地叫：「大家……快走！」

呂烈不明所以，趁機揮起雙刀偷襲笑面虎。其中一片刀刃嵌入笑面虎左臉，呂烈滿意得手，但笑面虎詭笑著撥開刀刃，說：「利益大於生命，人類就是這般愚蠢！」

笑面虎仰首看著一股忽明忽滅的半透明生命體，突然由旁邊的城寨大樓從天而降，這是他倒下前最後的影像。

地下室內，陽天一箭射破了異變人的右翼，羽毛帶血飛散。

陽天見古箭威力驚人，竟能打傷變異的馬岡，可惜古箭亦轉眼化成飛灰，因此必須善用腰上箭筒餘下的五箭，不容有失。

他叫向明月快躲起來，持著勾踐劍的向明月搖頭堅拒：「我能幫上忙的！不可能只有你冒險，何況這個禍多少也因我而起！」

咻！陽天只能再次拉弓發箭，火海中，異變人伸出左爪，擒住青銅箭身。

異變人看著手上的古箭化作飛灰，同時飛灰挾帶的力量，侵蝕掉他整個左掌。

異變人尖聲痛叫，拍翼蹬地，陽天乘勝追擊，手扣雙箭，搭上太陽輪弓，連瞄準的時間也不浪費，呼咻就射了出去！

雙箭在異變人身上貫穿而過，再飛了數尺才消失。箭風引起更猛的火勢，火舌奔騰至實驗室每個角落，連出口也被火焰吞沒了。

陽天冷靜地盤算著各種方法，如何讓向明月安全離開，而向明月也冷靜地等著陽天的下一步。

然而，負傷的異變人站在黑氣滲漏的牆壁裂縫前，大口吸取黑色的帶電能量，左腕斷處頃刻重生了一隻新手掌，身上破出了一塊一塊硬甲，背上羽翼增加了兩對，頭部更被深黑硬殼包裹著……

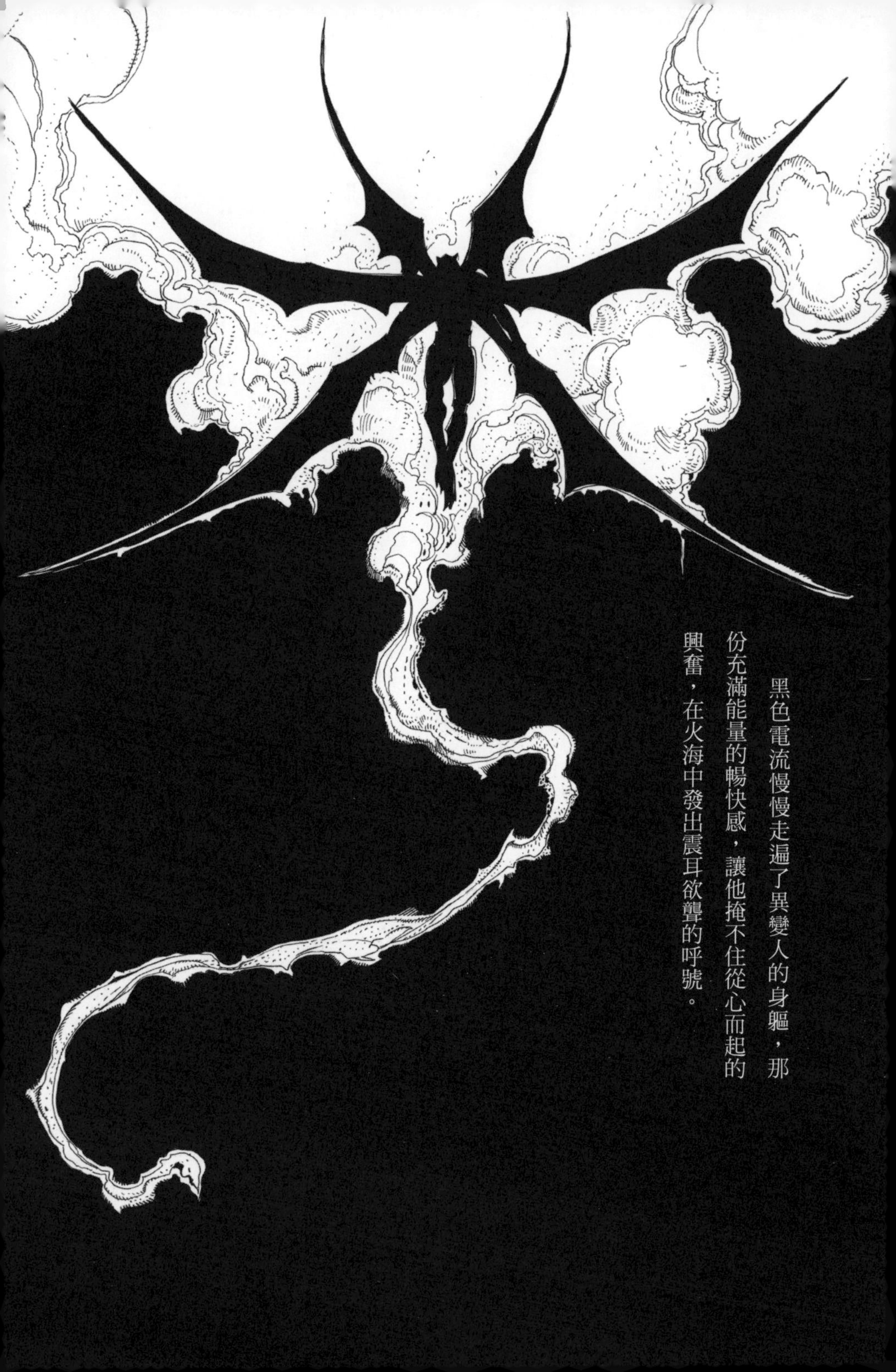

黑色電流慢慢走遍了異變人的身軀，那份充滿能量的暢快感，讓他掩不住從心而起的興奮，在火海中發出震耳欲聾的呼號。

這一叫令陽天和向明月陷入絕望，一切盤算盡歸徒然。

轟隆！烈火熊熊的出口突然響起一記沉雷，一道衝擊力沿著地面奔馳，沙石掩火，闢出一條安全通道，直達儲物室。

陽天和向明月定眼一看，有人在出口處往地上轟出右拳，赫然是手持黑隕石測量器的孫行土。

絕處逢生，也許這是最後的機會，兩人正邁步要走，這時一陣強風煽火燒來，陽天連忙擋在向明月身前。

火焰一過，陽天發現孫行土已撲向異變人！

孫行土催谷力量於右臂，大喝一聲，堅如重金屬的拳頭打碎了異變人深黑的頭殼。重拳一記又一記，彷彿打碎了仍然不夠。

他不會忘記東方搜神局的重要規條，比起外星異形，失控的異變生物更要徹底消滅，不許在地表留下任何痕跡，否則會影響正常物種的進化。

陽天連忙架起弓箭，大喝：「老孫，打不過的！快走開！」在這黑氣瀰漫的環境下，馬岡接連異變了三次，一次比一次強大，孫行土現在無疑是去送死。

孫行土右手早已骨碎肉裂，還是繼續轟下去，因為——

「我是東方搜神局！」

向明月拉陽天走，陽天不肯走。

因為他也是東方搜神局。

咻！陽天一箭射中異變人從硬殼露出的頭部，同時衝前接住被異變人甩開的孫行土。

陽天和向明月男右女左，攙扶著孫行土離開，三人腳步一跌一盪，只想趕快在異變的馬岡頭部再生之前逃出地下隧道。

孫行土曾說過：「有時候，我想香港分部不該由我劃上句號。幸好有你，這責任就交給你了！」一直以來，陽天很想回應他這番話。

只要死不了，就可以繼續戰鬥下去，這才是今時今日的東方搜神局！

可是，三人剛踏入地下隧道不久，前面就出現了如水母般的半透明生命體，忽明忽滅地浮在半空，完全充塞著前方的隧道。陽天和孫行土立即分辨出，那是未證實身份的外星異形。

向明月從未見過這樣詭異的情景，仍咬緊嘴唇，強裝鎮定。

陽天提弓對準前方的外星異形，可是一道訊息強行侵入他的腦海，映出可怕的影像。在大路上，超過百人窒息倒地而死，包括「北天王」呂烈，以及視陽天為手足的「西天王」笑面虎？

這是外星異形的警告，但陽天還是不懼一切，搭箭開弓，希望能射開一段生路。

拍翼聲和獸哮從三人背後傳來，向明月回頭，望見變異的馬岡已跨越火海，全身纏繞著黑色電流大步趨前。

前有外星異形，後有異變生物，陽天只餘下最後一箭，到底要發向何方呢？

突然，孫行土掙開陽天和向明月，直奔外星異形，大聲叫：「陽天，快跟上來！」他希望撞破一個缺口，能逃一個是一個。

陽天來不及阻止孫行土，不禁竭力大叫：「老孫！」

可是，孫行土甫碰到那些忽明忽滅的生命體，它們就化作成千上萬的透明小點，直湧向後面的陽天和向明月。這突變教孫行土完全措手不及。陽天心知必死無疑，緊緊抱著向明月，即使只得半秒，也是日與月的永恆。

陽天和向明月待死之際，數不清的透明小點卻繞過他們，直衝向伸爪施出殺招的異變人，全數黏上他的硬甲身軀。

巨大的異變人奮力掙扎，儘管由黑隕石元素激發出兇悍的力量，也像泥牛入海，全被這些小小的透明異形吞掉。

異變人看見陽天緊抱向明月，妒火中燒，便拚盡力量，催谷全身尖刺破甲而出，欲衝破透明異形的束縛。

陽天看到這情勢，便垂下弓，準備迎接下一秒的結果。、意想不到的是，萬千忽明忽滅的小點再一次散開，竟恍如蝗蟲般分食了異變人整個軀體，半分不留，更挾帶所有黑隕石能量，急勁飛離地下隧道！

他們越過陽天等人的面前時，散發著地球人稱為「快樂」的氣氛。

重傷難耐的孫行土終於倒在地上，向明月本想上前扶他，卻被陽天伸手攔住，因為黑暗中仍有指頭般的小點浮遊著。

透明異形再次連上陽天的大腦，之後咻聲急速離開。留給陽天的，又是一個警告。

「離開地球。災星下次回歸，這星球便會化成星塵。」

青銅神樹

第 10 回

MMXX

「香港這顆東方之珠，越明越亮。到底是讚譽，還是譏諷呢？」

坐渡海小輪從中環橫渡至尖沙咀，是陽昭的主意。除了給春風這遠方來客留下一個美好回憶，也給孫行土吹吹微涼的海風，看看城市的變遷。

維港兩岸的燈光和大型廣告牌，把夜空照得灰白又帶點橘紅。晚上八時，激光匯演的射燈劃破天際。陽昭本想從海上看看天空的獵戶座，舒緩行動前的緊張，想不到維多利亞港的夜空變得如此不堪入目，大煞風景。

陽昭回想小學一年級的暑假，母親帶自己來到尖東海旁，仰望夜空的獵戶座。可惜，今日的夜空卻被繁榮盛世污染了。

渡輪上，陽昭立下宏願：「這片夜空就交給我，終有一天會讓她回復自然。」距離二零二三年滅世，只剩差不多一千日——但陽昭懶理，無論如何，一定做得到！

轉眼間，渡輪即將靠岸，搜神局三人看見坐落尖沙咀海濱的香港歷史博物館，還有外牆掛上的超巨型宣傳海報，以毛筆大字寫著「神與人——三星堆古文明展覽」。

這裡就是今次行動的舞台。

晚上八時半，香港歷史博物館。為展覽而加強的保全團隊，合共一千二百人，分成早午晚三更，廿四小時輪流守護這場將於明天中午開幕的重要展覽。

開幕禮的主禮嘉賓全是這城市最有影響力的人，包括秦皇地產的第二代總裁、彭氏企業的最高主事人等等，還有多位司長級官員前來剪綵和祝酒。為此，保全團隊的成員加入了香港特警、退役軍人和國際保鑣，要毀滅一個人簡直易如反掌。

博物館人員完成展覽的準備工作後，保全團隊的晚班四百人正式展開巡邏和守衛。負責看守展覽會場的三人，是香港最強的特警三人組，槍擊命中率 92.42%，MMA 綜合格鬥比賽冠軍級人物，擁有從中東恐怖份子巢穴拯救香港人質等光榮戰績。三人代號A、B、C，雄風赳赳地荷槍實彈，大步走向展覽會場。

就在距離門口二十公尺，三人突然毫無先兆地倒在地上，左側太陽穴各插有一支中醫用的五分針，針刺重穴，昏迷不醒。他們完全沒有發覺，陽昭、春風和孫行土穿上了搜神局的灰藍色行動服，在展場入口等待著。

陽昭等人立即上前，每人扶起一個，利用左手手套掃瞄三位保全人員的外表，把資料傳至行動服上，瞬間變換成他們的模樣，最後給他們蓋上光學迷彩布，跟四周環境融合，隱藏形跡。這樣，陽昭三人便有一小時的空檔，進行調查工作。

孫行土再次叮囑兩位年輕成員，說：「今次行動主要是探查展品的黑隕石蘊含量，從而評估外星異形來搶奪的風險，以及作出適合的應變行動。」

陽昭點頭應是，心想他一定會達成老孫的要求，但要是遇上那神祕莫測的笑面虎，便有機會知道父親陽天在一九九九年那場正邪大戰的生死之謎。

三人換成了保全人員的形象，進入展覽場。會場面積超過千平方公尺，展品的擺放以I號大型青銅神樹為中心，向外以輻射狀排開三層，每層相隔五公尺。

最靠近神樹的一層為青銅面具，即兩個大縱目面具和一個小金印面具，每件相隔一百二十度廣角放置。再外一層為銅人像，即一個大型青銅立人像和五個銅人頭像，分六十度放置。最外一層是各分三十度放置的大小文物，包括金杖、銅太陽形器以及十個大小不一的神鳥祭器。

從衛星圖片可見，古蜀國所處的四川盆地，被青藏高原、橫斷山脈、雲貴高原、大巴山和秦嶺等高原包圍。根據搜神局的檔案，那其實是一個巨型隕石坑，由一顆超巨型黑隕石撞擊後形成，是導致恐龍大滅絕的主因。因此，古蜀國的建立、繁盛及其有別於中原的文化，都與黑隕石有莫大關係。

孫行土領著陽昭和春風走到展品最外圍，解說三星堆文明。古蜀國文明誕生於距今約三千至五千年前，有別於中華歷史以黃河文明為起點的論說，甚至融進了長江流域以及西向印度、埃及一帶的文明來歷。

「這幅員遼闊的文化卻在短時間內湮滅，搜神局的定論是這文化來自外星異形，也終結於外星異形。」

陽昭對著其中一隻青銅製神鳥，伸出左手探量說：「老孫，不得了！單是這隻神鳥蘊藏的黑隕石元素，就可以把我炸出大氣層。難怪古蜀國的青銅器在後世無法模仿，原來是這樣啊！」

對於古蜀國的青銅器能將黑隕石力量封存在內，與外隔絕，春風甚為神迷。她走在展品之間，打量它們的擺位，總覺得有點古怪。陽昭問她有甚麼古怪？

春風：「可能是女人的直覺。我代入那個女策展人去想，為甚麼會佈置成圓形？這看似方便參觀者，但你們看！」說時，她站在高兩公尺多的銅立人像旁邊，環指一圈，再說：

「每件展品的朝向，全都集中在青銅神樹之上！」

經春風一說，陽昭和孫行土不禁一愣。

在保全控制室內，晚班總監是退役的陸軍上士，他從監察鏡頭看到看守展場的三位香港特警竟然在閒聊，不禁火起，正欲打開桌上的米高風責罵之際，一隻蒼白的女性左手按住米高風示意停下。總監會意，等待著這策展人的下一步指令。

此時，陽昭三人來到展場中央的青銅神樹前面。樹高四公尺，由底座、樹和龍三部分組成，是中國現存青銅文物中最大的一件。銅樹底座呈圓形座圈，座上有三足相連，向樹身聚攏，象徵神樹立於神山之巔，連接天宇。樹分三層，每層三枝，共九枝，每枝立神鳥及一仰一垂兩條果枝。樹側有一條身似繩索，造型莫可名狀的銅龍。

九隻神鳥？陽昭想起自己讀過的考古資料，神鳥是太陽的寫照，更令人聯想到《山海經》和后羿射日的神話，便對孫、春二人說：「《山海經》記載了，有一棵大樹，九個太陽居下枝，一個太陽居上枝，正好符合后羿射日時十個太陽暴曬，萬物焦枯的情況。」說後提

三星堆出土的祭祀用青銅器，例如造型詭異的青銅人像、刻有不明符號和圖案的金杖，以及神祕色彩極重的太陽形器等，連現代科技也無法完全解釋。古蜀國人曾受外星文明指導，極有可能是來自仙女座星系的縱目星人。

起左手，指向神樹的頂部，再說：「樹頂應該還有一隻神鳥，但不見了。」

春風跟著分析，說：「未必是不見了，而是代表那隻神鳥正在天空照耀世界。那是藝術的表現。」

孫行土聽著二人的分析，總覺得仍差一個很重要的方向，他們尚未捕捉到。

突然，一把聲音從遠處傳來，重重圍繞搜神局三人，一字一字組成句子：「神樹，豈是你們這等人類所想這般簡單……」

孫行土極為驚怒，自一九九九年那場大戰結束的廿一年後，再次聽到這把令他蝕骨痛心的聲音，每一個字都如刀割，持刀者依然是笑面虎。

同時，雷動般的腳步聲從展場入口傳來，赫然是四十位保全人員臉色陰沉地衝出！孫行土大喝：「快保護文物！他們的目標是黑隕石能源！」邊說邊帶領陽昭和春風離開展品，發動攻擊。

保全人員紛紛破口暴出一雙尖銳獠牙，身軀更呈現駭人的紫藍色調。三人之中，只有孫行土見過笑面虎的真身，憑這些保全人員的變異可估計到，笑面虎正在製造更多同類。因為能與笑面虎真心稱兄道弟的人，在一九九九年已經絕跡世上，他很寂寞……

怪人們衝向最外層的展品，尚未到達，領先一人的頭顱已啪聲貫穿了一支十五公分長的合金箭。原來陽昭以右手代弓，揮手一擲，短箭破空而至。

孫行土相隔廿年再次面臨戰鬥，鼓起已多次更新功能的「阿修羅之臂」，一拳打碎一個，轟轟轟，三個怪人同時倒下。

春風則亮出了慣用的武器——長鏈和短刃，兩者互相配合，長鏈一纏上怪人的身軀，短刃便急速插進頭部，務求用最短時間了結敵人。

可是，礙於古文物近在咫尺，陽昭三人戰鬥時不免帶點顧忌，難以盡情施展。第一批怪人剛全數倒下，另一批又接踵而至，重重包圍三人。

陽昭討厭麻煩，既然又來數十個怪人，加上合金箭所餘無幾，就改用最迅速的解決方法——「五行箭氣」。他揚開兩手，運氣成火，燒出紅色的火焰弓箭。

春風急忙叮囑：「陽昭，小心文物！」

陽昭搭箭拉弓，嘴裡回應「知道」，自信滿滿地想，這一箭足以把他們燒掉一半。

突然，所有怪人停下腳步，最後方出現了一個人。即使經歷了漫長歲月，他的容貌卻仍然不變，左眼的傷故意留下，叫人心寒。

笑面虎邊越過怪人群，邊說：「你，一點都不像陽天……」說時，怪人們逐個化成飛灰，一點一點返回他身上。

陽昭期待的敵人果然出現了，就是這人令自己從小沒有父親！他的憤怒禁不住燒得更熾更烈，由紅變黃，咻聲急響，黃色火焰箭直射而出。

笑面虎收回了所有飛灰，輕易抓住那支疾飛的火焰箭，化成更猛烈的藍色火焰。他想起了陽天。在城寨拆卸前，他和陽天是好兄弟，只因立場有異，終於決裂；在九龍城寨遺跡大戰，陽天戰死，他從此寂寞。於他而言，寂寞和黑隕石都是力量的催化劑，只不過分別是，寂寞無限，黑隕石有限。

「我這左眼的傷是為紀念救你父親而留下，」笑面虎提藍火在手，問陽昭：「父債，子還？」

陽昭不甘示弱——他也可以燒出藍火弓箭：「十萬倍奉還！」

二人同時大喝一聲，兩股藍火在二人之間碰撞，轟聲隆隆，火舌四射。火舌靠近最外層的十個神鳥祭器和銅太陽形器，引起了潛藏在青銅之中數千年的黑隕石力量，互相共鳴。陣陣黑色帶電氣體飄散而出，向四方流動。

古文物共鳴的現象千載難逢，笑面虎見狀，雙手十指箕張，扯動黑電繚繞其身。孫行土立即擋在春風前面，旋動「阿修羅之臂」成為盾牌，驅散黑氣。他知道，陽昭繼承了父親的一種特質，有機會戰勝笑面虎。

此時，陽昭任由黑氣沾身，力量暴升，揮動右手食指和無名指，分別拉出火焰箭和水流箭，左手則運氣聚成一把綠木弓。弓弦霹靂大響，難掩陽昭報父仇之志，火水木三屬性攻擊破空而至！

笑面虎逕自走到青銅神樹正前，伸手撫摸它的偉大和神聖，任三道氣箭飛襲而來，仍

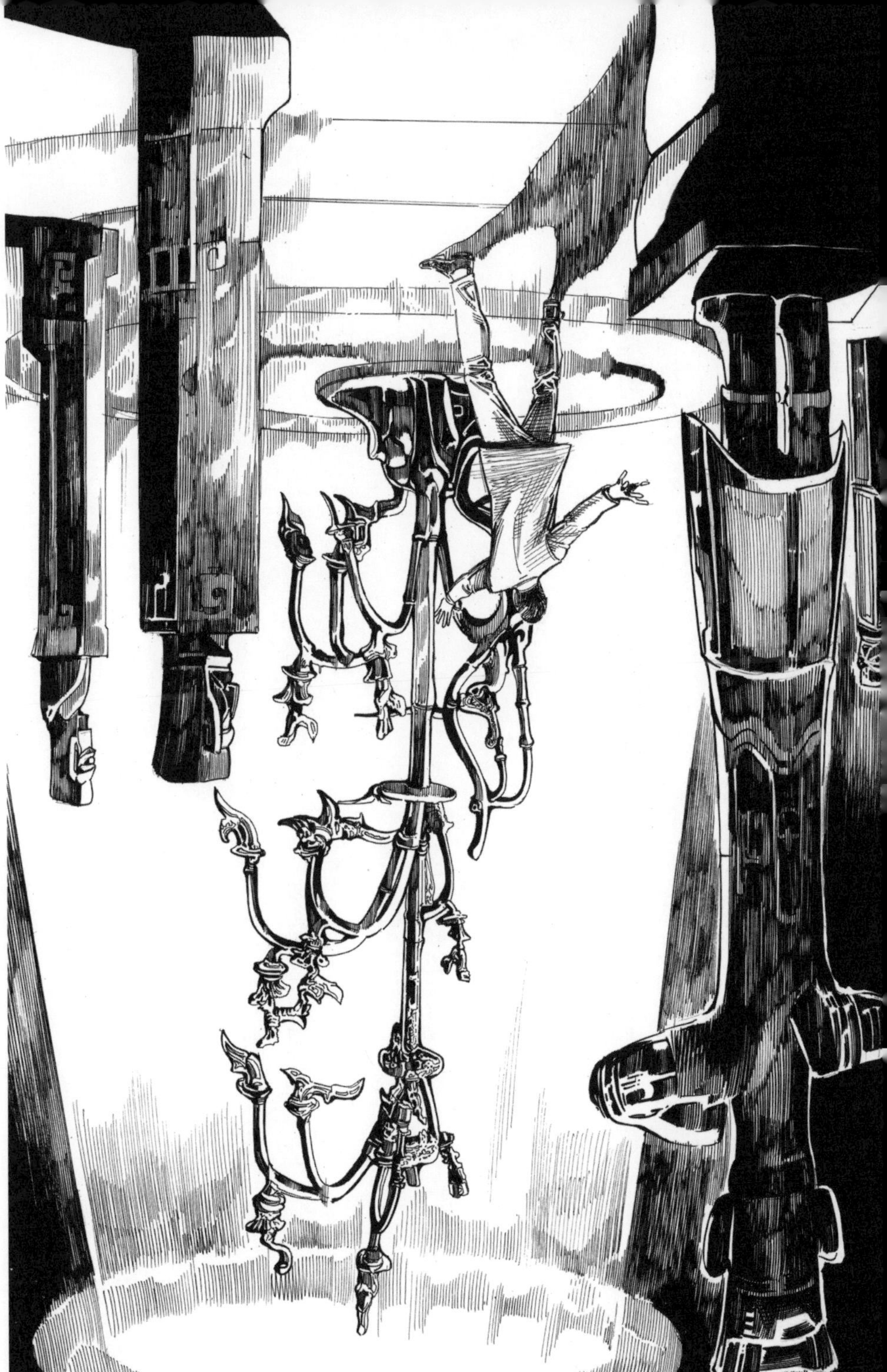

不屑一顧，心想正好吸收蘊藏其中的黑隕石力量，但始料不及，陽昭的氣箭引發五行相生相剋的威力——木生火，木弓射火箭，火焰生生不息；水剋火，水火不容，火越燒，水越激，威力竟比他父親陽天高？

氣箭擊中笑面虎的心坎，正是笑面虎當年被陽天擊中的同一位置。

箭力破開笑面虎的人型皮囊，逼他再次現出原形。但是……

凡見過笑面虎真身的人，從來無一生還！

第十一回

仙槎

《山海經》是神話時代的先民——相傳是十位巫師從中原出發，遊歷全球各地，記錄沿途的風土民情。一百多年後，先民遺裔回到出發地整合內容，繪製成一幅山海圖。後人依圖撰寫文字，成為《山經》和《海經》，合輯成《山海經》。後來，山海圖亡佚不存，從此無人能解讀《山海經》暗藏的真相。

世界上，凡不能用知識和常理解釋的生物和事蹟，皆會被人類罩上一層神話色彩。集中國神話傳說之大成的典籍《山海經》，當中所記載的超神邪魔、奇人異獸，有誰想過他們大多數是來自穹蒼以外？

陽天和向明月扶著右臂重創的孫行土，經過狹窄的渠道，好不容易才回到死巷。沿路上，孫行土一直自言自語，陽天安慰他，會盡快送他回點石齋。

孫行土辛苦地告訴陽天：「小子……《山海經》記載了很多透明……的生物……他們應該是……其中一種……」

陽天聽得明白，這位前輩正把搜神局成員的榜樣展示給後輩看——勇敢、盡責和團隊精神。

只不過，陽天除了擔心孫行土的傷勢，也擔心大路上笑面虎的安危。

陽天三人來到城寨內一個沒興建大廈的中央地帶，那裡有一座三進兩院的老人中心，是由昔日的九龍巡檢司衙署改建而成，就像這座迷宮都市一個低陷的空間，給城內居民留下一小片天。

突然，孫行土停下腳步，慢慢抬頭，陽天和向明月跟隨他的視線向上望。

眼前那幢十六層大廈的天台上，或明或滅的光點漫天飛舞，部份更綻放刺目的光芒，不一會便結聚成一支高百尺的光柱，正是他們遇見的透明生命體。

「這……！我想起了，這是仙槎！仙槎！」孫行土激動地說。

向明月記得在大學讀過中國晉代古籍《博物志》，作者張華是當代一位奇人，曾在書中提及過一艘能往來海上和天河之間的船筏，就是仙槎。

突然，仙槎的頂尖發出了一條巨大火柱，直指天際。

陽天看見此情此景，馬上記起透明生命體的最後警告，於是衝口而出：「他們要離開地——」「球」字還未說出，百尺仙槎就沿火柱所定的軌道，轟隆沖天而上。

仙槎離開天台的一刻，排出了極大的衝擊力，一層一層直壓而下，不消十秒就將整幢大廈壓垮，數以噸計的瓦礫轟隆轟隆地傾瀉，波及鄰近的建築群，以及眼前這所老人中心。

陽天背上長弓，不理自身危險，急叫：「救人呀，老孫！」孫行土咬緊牙關：「來吧！」

向明月看著二人衝進老人中心的背影，覺得他們在生死存亡之際仍緊守自己的正義，捨己為人，那不是英雄，就是瘋子。

同時又想，自己也是個瘋子，一直追尋的目標，竟禍及多條性命，險些連自己也命喪黃泉。現在，大樓崩塌，壓毀了地下實驗室，所有不能公諸於世的罪行，將繼續被埋在歷史陰暗面的深處。

「他們來了！阿月，快帶他們離開這裡！」陽天邊叫邊帶幾位老人家走出大閘，打破了向明月的沉思。老人中心的工作人員有幸得到這兩位熱心市民，以及旁邊青年中心不少年輕人的幫忙，五分鐘後已攙扶了三數十位老者，沿龍津路慢慢離開。

與此同時，仙槎正處於距離地面一百里的熱成層，直衝地球大氣層最頂的散逸層。合共四千萬個來自三千光年外的生命體，用生命相連，組合出這艘宇宙航行載具。

約一千年前，為數一億生命體組成的仙槎，為探索太陽系的有機物種穿越土星環，誤闖每隔三百三十年掠過太陽系的「阿雷斯彗星」軌道，撞上軌道上殘留的黑隕石，死掉了半數生命體。最後，只餘下萬多個能成功降落地球。

經過了千年的繁殖，他們再次增加至四千萬個。但要離開地球，必須收集黑隕石蘊含的強大能量。在地球的日子裡，他們觀察了兩次災星回歸，發現黑隕石墜落的地點，大都集中於地球人稱為「亞洲」的地區。於是，他們先後移居到那些地方，可惜收集到的能量都十分輕微，僅可維持在這星球上生存之用。

直至二十年前，他們來到地底下埋有巨型黑隕石的九龍城寨，模仿其他外星來客，穿上人類皮囊，偽裝成一個人類四口家庭。他們住在僭建的天台木屋，父親努力工作，母親處理家務，子女在附近的義校上學，就算生存環境有多差，仍不忘儲夠能量，離開地球。

終於，在今天入黑時份，四千萬個生命體偵測到突如其來的能源反應，於是立即破開人類皮囊，留下三菜一湯的晚飯和電視上播放的劇集，從天台木屋飛降而下，清除在大路過百個阻路的人類，循著黑隕石反應來到了地下室。那個因黑隕石元素而異變的人類，於他們而言除了是一個龐大的能量庫，也是四千萬個外星難民回家的希望。

仙槎進入大氣層中最接近太空的散逸層，準備踏上返回家鄉星球的軌道，四千萬個生命體同時發出閃耀的彩色光芒向地球告別，特別是留在九龍城寨的淪落人……

忽然，仙槎那足以擺脫地球引力的推進力急速消失，閃爍的彩光也完全熄滅，最後在大氣層表面發生大爆炸，爆出火焰與暴風。

風捲火，火乘風，從仙槎爆炸的中心點狂暴奔騰，半分鐘內擴展至方圓千里，橫跨地球亞洲地區，東至日本和韓國，南至香港和台灣，西至泰國和馬來西亞，甚至遠抵印度。

人們只要在這時候抬頭望天，便會發現漫天風暴火雲，宛如末日降臨。

身處九龍城寨的陽天等人也不例外，目睹這個燃燒夜空的異象。到底發生了甚麼事？

陽天看著天火急勁焚燒，頭裡傳來一陣劇痛，直透全身每條神經。即使這樣，他仍握緊雙拳，抬頭望天，咬住牙關絕不倒下。

在旁的孫行土和向明月並不知道，陽天正在接收仙槎毀滅前向他發出的訊息。

就在仙槎衝出地球，重踏歸途之際，大氣層的邊緣發生了異常振動，展開一個五百尺寬的扭曲空間。

扭曲空間釋出了急遽起伏的黑色電流，一隻比仙槎大十倍的機械手掌從中穿越出來。即使仙槎有衝出天際的決心，在巨掌前仍霎時被壓制、被剝奪、被扼殺。

不久前獲得的黑隕石能量，帶著四千萬個屍骸，燃燒了一場驚天動地的天火，警惕地球上所有卑鄙生命，別妄想超越神明設下「絕天地通」的分隔。

恍如置身當場的陽天屹立在巨掌之前，不禁義憤填膺，握拳怒吼，吼聲彷彿隨天火蔓延至整個亞洲上空，風捲火燒，給有能之士看出這啟示。

「這並非我個人之力可擋的巨大挑戰！同伴，我需要結集同伴！」

天火漸滅，陽天的淚水隨心中的激動湧出，神志回到九龍城寨的土地上。

此時，嗚嗚嗚聲從城外傳來，警察、消防員和救護員相繼抵達。

孫行土見陽天驀然流淚，雖不知為何，仍安慰他：「小子……」

陽天還是執意走自己的路，因為他終究放不下那人，不，那同伴。

他此刻最需要的同伴。

大路上，因為剛才的大廈坍塌，不少礫土蓋住路上的屍體。

陽天認出那些曾與自己稱兄道弟的人，也認出那個霸氣凌厲的「北天王」呂烈。

任你平生踏著別人屍體力爭上游，結局不也是被其他人無情踐踏嗎？

陽天記得透明生命體從天而降，讓沿路過百人立時窒息而死的一幕，但一刻未見到那同伴的屍體，他還是堅持找下去。

孫行土知道他在找的，是為保護陽天而鬥上呂烈的笑面虎。

向明月欲勸陽天離開，驀地聽到從廿尺外的礫土堆傳來了啪沙啪沙的聲響。

三人同時循聲而望，只見一人在礫土中緩緩站起，哼著完全不合音調和拍子的短曲，是《亂世佳人》電影的主題音樂。

陽天走到那人十尺前，忽然停下腳步，謹慎地打量眼前的還是不是自己要找的同伴。

孫行土平日在九龍城一帶當值，時常遇上笑面虎，他會留意笑面虎不同的笑容，對方也會時不時偷看他的涼鞋款式。

可是，這人真的是笑面虎嗎？兩位搜神局特工雖然資歷不同，想法卻是一樣。

那人哼過了短曲，嘴邊的皮肉在顫動，想笑卻笑不出，怕一笑就會牽動左臉的皮膚碎裂剝落。左目被劃破了，紫色液體凝固在傷口附近。他伸手按住那駭人的傷處，極力露出令人安心的微笑。

陽天一時猶豫，試探著問：「虎哥……？」他心忖，笑面虎也許被四處流動的黑隕石力量感染了。

那人禁不住興奮，帶著笑容說：「我的兄弟，恭喜你……」他指著陽天背上的古弓，繼續說：「我的祖先，曾經與拿著這弓的人有血海深仇……宿命啊！」

陽天聽不明白，但還想聽下去。

那人又說：「這位小姐一直在找的地下室，可不是那些日本鬼子的主意啦……」向明月聽此，目光再不敢離開那人。

「若我不給他們告密，說這城寨地底有豐富的黑氣能源，又怎能阻止他們把這裡改成亂葬崗的決定！」

亂葬崗，沒有死人堆疊，何以成崗？向明月越聽越心寒，但她疑惑的是，眼前的人年齡不過四十，怎可能在二戰時期向日軍告密？

陽天靈光一閃，登時將龍族追龍和馬岡異變這兩件事聯在一起推理：「地下室的黑隕石能源，不是直接來自地底的巨型黑隕石，」越說越接近真相，「其實是由囤積能源的幕後黑手故意供應的！」

陽天說到這裡，笑面虎不禁放開掩面的左手，大力拍掌。

笑面虎左臉的皮膚隨著掌聲剝落一大片，現出黯淡紫藍色的臉皮。

孫行土忍痛用左手快速拔出手槍，斥喝：「笑面虎，你絕不是人類，快現出真身！」

同時，陽天警告笑面虎：「我代表地球搜神局，懷疑你有傷害地球人類的罪行。請你必須投降！」

笑面虎冷笑，舉起右手指向九龍城寨的夜空，說：「你們能阻止剛才的懲罰嗎？單憑三維生物的力量，是無法跟來自高維度空間的力量匹敵！」

陽天等人不禁大愕，仙槎的爆炸竟然是高維度生物的懲罰？

根據現有的科學知識，全宇宙的物種包括人類和異形，都生活在三維空間的生物。超越三維的空間是存在的，但只屬理論推測，完全無法證實。可是，無法證實，不等於不存在。

向明月終於明白，在全世界不同神話中，那些存在於高維度空間的生物，皆被人類尊為神明！

神話時代，神人共處同一個世界，神在天，人在地，中間有一道天梯，讓神人互相往來。一天，眾神不悅人類妄想僭越神的尊貴地位，便將天梯毀掉，天地從此隔絕。神有能力超越維度，來往不同空間，但人類卻永遠學不到穿越維度的知識，除了那些由神選中的人。

陽天暗暗感到，仙槎全員盡亡與那隻穿越維度的巨型機械手掌，都跟這個「笑面虎」有著密切的關係。於是，陽天鼓起勇氣，手持古弓，拔出最後一箭瞄向笑面虎，說：「世上必定有與別不同的人類，有足夠力量阻止地球被毀！」

笑面虎面對陽天拉箭待發，慨嘆地說：「一世兄弟啊，我們不該站在對立——」砰！一顆子彈鑽入笑面虎前額，從後腦帶血飛出，孫行土開槍了！

之後的五槍皆穿破身體，紫血濺在地上。

可是，笑面虎已來到孫行土面前，虎目怒睜，擒住孫行土那條毫無反抗力的右臂。潑喇！啪咯！孫行土右肩血泉激射，一整條右臂重重跌到地上。

笑面虎一腳把孫行土踢飛到向明月跟前，詭異地說：「小姐……妳的皮囊還不錯，很合我啊！」

陽天大怒，箭羽仍留在指間，最後一箭不可妄射，大喝：「夠了！笑面虎！」

笑面虎沒有理陽天，只是仰鼻嗅著，說：「地下室的黑隕石元素差不多散盡了……」說時慢慢舉起右拳，「要不要讓這城裡的外星來客再來瘋狂一下？」

陽天大驚，囤積黑隕石能源的幕後黑手，當然知道他的收藏所在何處。

孫行土掩住傷口，忍痛大叫：「小子，那些異形一旦失控，就不可收拾啦！」

此時，笑面虎躍身進入窄巷，陽天緊追而上，只見笑面虎在窄巷兩壁跳來躍去，一下子便去到數十尺外。

突然，砰隆一響，地上留下了笑面虎的拳印，陽天從後趕來，連忙用雜物遮擋，再拚命追上去。

追！追！追！笑面虎留下七個拳印，分佈在城寨的小街、窄巷和大樓，陽天沿途感到騷動漸起，同時身體有種說不出的難受。

陽天鍥而不捨地追上大樓，走過兩層時，忍不住往臉上一抹，沾在左手的鮮血除了紅色，還有不該出現的黑色……

一絲黑色電流閃瞬即逝！

天台上，笑面虎坐在邊緣點煙，遠眺因大樓塌方引起的混亂，政府各單位正努力營救災場的城寨居民，他不禁輕輕嘆息。

與此同時，一個體內像埋有一個即將爆發的原子彈的人，正憤怒地來到隔鄰大廈的天台。

二人分別處於兩幢大廈的十四樓天台，大廈之間只有一塊四尺寬的床板作為橋樑。

笑面虎指著樓下的情境，叨著香煙說：「看吧！不用等政府動手，城寨就開始崩塌了。」

笑面虎呼出一口煙，語帶雙關地說：「有本事離開的，自然逍遙在外。沒本事的，難道只能在這裡等死？」

笑面虎露出陰森的左目，兩指夾著香煙說：「我留在城寨，因為這裡是我在這星球製造最多回憶的地方。」再深深吸盡那支煙，對陽天說：「你找天陪我去看《亂世佳人》，好嗎？」

陽天沉默不語，只因他在等待笑面虎揭露真相。

笑面虎忽然攤開右掌，掌心上有著細如粉末的黑隕石碎屑。

他詭笑著說：「拳印上留有黑隕石元素，逐點逐點送給你。現在，我和你，都是披著人皮的異類，這樣才配對嘛！哈哈哈哈！」原來拳印只是幌子，並不是指示黑隕石收藏的地點。

陽天聽到「披著人皮的異類」，驀生一股莫名的怒意，激發他除奸滅惡的本能，即使面對多強的敵人，也要奮勇向前。

激烈無比的黑電立時爬滿陽天全身，纏繞著手上的古弓銅箭，腳下湧出陣陣急勁的能量，直湧身外十尺，並捲起旋風，把天台上的雜物、電視天線桿和大量電線，砰啪轟隆地捲作一團！

笑面虎見陽天的箭鏃瞄向自己頭部，笑容仍然不冷：「兄弟，你今時不同往日了！一旦發箭，你腳下的大廈恐怕會……」然後用雙手作沙石崩塌狀。

陽天不理敵人任何警告，右手拉弦至極限，太陽輪弓發出風雷之聲。

笑面虎不敢輕敵，既要盤算如何接這位好兄弟的最後一箭，亦要證明自己的猜想是否正確。

笑面虎索性將餘下的黑隕石粉末灑向陽天，火上加油，陽天儲勁待發的箭勢更強，一發不可收拾。

笑面虎招手挑釁：「來，我倆一起跟這城走到最後！」

陽天與笑面虎的距離不足廿尺，但他們腳下合共有五千多人在生活。

笑面虎盤算，陽天正處於進退維谷的困局。發箭，會重蹈仙槎的覆轍，必定波及腳下兩幢大廈；不發箭，弓箭所儲的力量會完全反噬陽天。這兩個可能性都是陽天知道的，究竟他該怎麼辦？

陽天突然問了笑面虎一個他非常憂心的問題：「我不再是尋常人類嗎？」

笑面虎微微點頭，笑說：「當年那個叫『羿』的射日神箭手也不是！」

陽天得到了答案，意志更堅定地說：「我明白了……」說後縱身一跳，直躍出天台外，對笑面虎說了二字——再見！

笑面虎大驚，想不到陽天不甘心成為異變生物，竟會選擇了結生命！

電光火石間，笑面虎飛身撲出，不能讓兄弟走上終結這一步。

在老人中心的上空，笑面虎急遽抓向陽天。

可是，陽天一個翻身，弓箭直指身前十尺的笑面虎。弦響霹靂一聲，挾有黑色電流的青銅箭疾射而出，咻聲撕裂空氣，重重射中笑面虎的心坎。

箭鏃在笑面虎胸前掀起旋動氣流，撕開了那層用了百年的人類皮囊。任他如何猛力反抗，也不能抵擋宛如仙槎發射時的衝擊力，瞬間衝上萬尺高空，與空氣高速摩擦，燃燒成沖天流火！

火盡成燼，飛灰飛散。

另一邊，陽天因發箭的回撞力，整個人向後飛進附近大樓的九樓單位，啪啦啪啦破窗而入，在地上滾了幾滾，撞破灰土牆才止住衝勢。縱使身上插有不少玻璃碎片，也不及剛才笑面虎的回覆，令他痛不欲生。

陽天撐地而起，定眼才見屋內的老牙醫正替一個外星來客補牙。他連「對不起」也不說，便逕自從正門離開。之後，老牙醫拿起小電鑽發出吱嘰吱嘰聲，繼續補牙手術……

殖民地時代，根據「牙醫註冊條例」，凡在香港執業的牙醫必須具有英聯邦國家專業資格，有不少來到香港但未能考獲執業資格的內地牙醫，便在不受監管的九龍城寨開設診所，前舖後居，因無須納稅，價錢反比市區便宜逾半。城寨北的東頭村道，高峰期有逾百間牙醫診所。有不少牙醫並不抗拒城寨內的外星異形來光顧，因為「牙痛慘過大病」。

陽天急步走下大樓，希望盡快與向明月和孫行土會合。他心忖最後一箭有這麼強勁的力量，為何他的身體卻沒有異變？既然無法得到笑面虎解釋，他只能相信手中的三星堆武器，可以帶他尋找答案。

笑面虎雖然化成飛灰，但陽天仍有責任保護城寨住民的安危。可惜，箭用光了，只餘下太陽輪弓。

下一步該往哪裡去？陽天茫然……

零時過後，城寨內好幾處本來乾涸了四年多的「公共水龍頭」，忽然再有「自來水」供應。雖然只有點點滴滴，但涓流不竭，幾小時前的騷動因而平息。沒本事離開的人收集到一個月所需的能源，自己滿足了，便留給其他人，大家繼續平等地生活在這六英畝半的家，因為——

離開，可能是死亡倒數的開始！

鑿齒

第12回

MMXX

在浩瀚的星海裡，有冒險家探索無窮盡的宇宙邊際，也有掠食者收集珍貴的資源。地球是太陽系唯一有生機的星球，大氣、大地和大海各有不同類型的資源，引起了一個處於宇宙生態最低層的流浪族群注意，超過一萬名族人在地球落地繁衍。

經過五千年，一位新生族人得到了地球人尊為「神明」的高維度生物啟示，開始偽裝成人類，潛伏人間，收集一種具支配性的資源——稀有的黑隕石能源。在清帝國滅亡前一年，他來到九龍寨城，先從不同裂縫找出黑隕石能源的洩漏位置，從中截獲，並結集成黑隕石能量方磚，囤積居奇，達成他的欲望，但凡阻礙的人皆要死……

人類皮囊的好處，是讓笑面虎享受做人的極樂，相反，壞處是囚禁了他好戰的天性，以及束縛了真正的戰鬥力。

現在，人類皮囊已被火水木氣箭射破，笑面虎可以放棄偽裝人類的情感，回復原來的模樣——高逾兩公尺，呈現令人心寒的紫藍身軀，傲然聳立。兩手揮出利爪，嘴部則伸出像鑿子一樣的銳利長牙，長達一公尺。

在十個太陽同時出現的時代，
這流浪在地球上的外星掠食族群，
人類巫師稱之為「饕鹵」。

此時，外圍的帶電黑氣被陽昭和笑面虎吸盡，孫行土得以衝前助戰，搶先宣告：「鑿齒，行動目標：Y74336856，獸形態！」

春風初見鑿齒的真正形態，令她聯想起早前在馬來西亞神山，異能英雄「虎將」帶領她所屬的「夜貓小隊」，惡戰異變敵人「犬牙王」。犬牙王由人與狼異變而成，牙尖爪利，從而估計，鑿齒也像犬牙王一樣可怕。這次作戰雖沒有虎將，但因為有陽昭，春風一樣無所畏懼。

於是，陽昭和春風齊聲表露身份：「我代表東方搜神局，證明你有傷害地球人類的罪行。請受死！」

鑿齒仰天狂嘯，兩隻利爪霍霍作響。

孫行土相隔三十多年，再次聽到新成員宣示身份，身心像回到初遇陽天時的興奮和激動，連安裝在右肩的「阿修羅之臂」也感應到他的戰意。他過往放不下對陽天戰死的歉疚，現在故人之子陽昭來到自己身邊，彷彿是上天賜給他走出陰霾的重生機會。

他相信，陽昭是搜神局的新希望！

信念推動孫行土率先衝向鑿齒，揮起「阿修羅之臂」結結實實打中鑿齒的利爪，發出沉重的悶響。緊接，春風揮動纏上短刀的長鏈，呼呼呼繞成圈狀，連環十擊打中鑿齒的身體。同時，陽昭右手五指凝聚金木水火土之氣，一個翻身拉成五行氣箭，直擊鑿齒的頭頂。

鑿齒對三人的攻擊視如不見，淡問：「只有這樣？」他一腳重重踢飛孫行土，一手捉住春風摔到地上，陽昭的臉則被他另一手抓住，撞向會場的牆壁。

沙啪沙啪，鑿齒用力把陽昭嵌入牆內，卻從爪指間看見陽昭的笑容。

陽昭在笑，不是笑陽家兩父子先後死在同一個外星異形的爪下，而是他終於體會到馬來西亞的「虎將」與強敵激鬥時是何樣感覺。

在極近的距離下，陽昭捉緊這個機會，合掌一推，十指齊射五行氣箭，毫無偏差地射中鑿齒的左目傷處。箭中血濺，鑿齒立時退出一步，鬆開了陽昭。

陽昭叱喝一聲，乘勝追擊，躍身飛出，左手急運破金弓，右手聚氣於拇指，拉出一支光芒耀目的白色氣箭。箭由弓發，才有百分百的力量。春風也趁鑿齒退步的一刻，揮動飛鏈刀從背後攻上，同伴的羈絆，激起陽昭的金箭挾著剛毅不屈的五行性質，急勁飛射。

這一切都看在孫行土眼裡，他連忙衝前助戰，但距鑿齒仍有一段距離……他慢了！

鑿齒驚訝陽昭的弓箭異能竟不遜於陽天，加上同伴的支援，這不畏虎的初生之犢，可能比虎更兇猛。可是，鑿齒要告訴陽昭，鑿齒族在后羿射日之前，已是地上最強的天外族群！

他怪口一張，兩支鑿牙扯動氣流，形成一幅阻力牆，停住了破金箭的衝勢，也擋住了前方的陽昭和後方的春風。陽昭急忙運起金氣，隔空推動破金箭，箭越衝前，氣牆阻力越大。

陽昭知道這是一擊穿過鑿齒心臟的絕好機會，於是不管體內的氣四處亂竄，仍大喝一聲，雙手貫氣，猛力推箭。破金箭飛旋成鑽，鑽破氣牆，轟隆射穿鑿齒胸前。

鑿齒知道，新人沒有受傷，便不會成長……

破金箭射穿的，赫然只是鑿齒消失後留下的殘像，毫不停留，快絕射向春風！

箭勢彈開了春風揮出的飛鏈和短刀，壓得她一時窒息，動作一滯，眼見已避無可避。

陽昭驚見這突然逆轉，縱身撲向春風，同時伸盡右掌，希望以氣御氣，拉停離春風一步之遙的破金箭。能做得到嗎？他不信奇蹟，只信自己！

箭尖已觸及春風前額，逼出一條鮮艷的血絲，卻在千鈞一髮之際微微後退，原來是陽昭右手發出的氣及時拉住破金箭，眼角則同時瞄到鑿齒的位置——孫行土正衝向青銅神樹前的鑿齒。

孫行土慢了，老了，但他要敵人知道，搜神局特工絕不會放棄任何反擊。陽昭配合孫行土的攻勢，放開牽住破金箭的氣同時改變方向，連人帶箭，直衝鑿齒。

同時，孫行土驚覺自己的「阿修羅之臂」竟然「痛」起來，那是內心積壓多年的恐懼和歉疚所致，這次不可讓故人之子受害，於是他環抱鑿齒，制住敵人所有活動，務求讓陽昭一擊殺敵！

轟！破金箭應聲命中鑿齒的身體，每分威力都打進了他的皮層內。可是，陽昭和孫行土並沒有高興，因為鑿齒的手已伸向青銅神樹，吸取它蘊含的黑隕石力量，藉此化解了破金箭的威力。

鑿齒隨即捉緊「阿修羅之臂」，狂吼一聲，事隔三十年再次扯斷了孫行土的右臂。呼！孫行土被扯得在凌空翻動幾圈，重重墜在地上。鑿齒提腳猛力一踏，孫行土胸前咯咯咯咯，骨骼盡碎，任再強壯的人類也難以幸存……

孫行土就此氣絕，一動不動。

陽昭站在最內層的青銅縱目面具旁邊，不敢靠近鑿齒。孫行土已死，戀戰下去也只有全員陣亡，所以他要救春風離開！

鑿齒在展覽場中央揚開雙爪，攝取著場內十多件古文物的黑隕石力量。站在最外圍的春風驚愕，這佈置根本是為了方便鑿齒吸收力量而設，大叫：「陽昭，這是陷阱！快走！」假如這是陷阱，陽昭必須立即撤退，但不可留下搜神局任何一人，不管是生是死。

然而，春風看見會場入口出現了一個人——那極不尋常的女策展人。陽昭親眼見到方嫜，腦海中登時激起波瀾。

「沒錯，這的確是陷阱！」臉色蒼白得可怕的方嫜，冷冷盯著鑿齒說。

鑿齒細望方嫜，恍然大悟地說：「原來是妳，果然！」說時，他加快吸光場上一點一滴的黑隕石能量，因為那「最重要的東西」還需要更多。

方嬅拿起了最外層那枝一公尺半長的金杖，急叫：「昭，快走！」春風大愕，陽昭怎麼會認識這個女人？更驚訝的是，陽昭竟然聽她的吩咐行動！

當場沒有人知道，陽昭聽到那把絕不可能忘記的女聲，既有突然重逢的喜悅，也有驟來不幸的驚懼——她之後所犯的險，他已經阻止不來。

方嬅見陽昭已離開青銅文物群，便舉起雕有魚鳧交疊的王族祭杖，唸出上面刻著的三星堆古語。陽昭已回到春風旁邊，雖然二人不知方嬅唸的是甚麼語言，但陽昭擋在春風身前說：「放心，我們要反擊了！」

場上只有饕餮聽得懂方嬅在唸甚麼，那是縱目星族群向地球人宣示權威的演說，就是他們教會古蜀國人如何利用青銅封住黑隕石能源，製作出萬年不朽的青銅器。

古蜀國語抑揚不絕，最外層的十隻神鳥率先動起來，如有生命般一同飛襲饕餮。饕餮正要橫移閃避，最內層的三個青銅面具已衝前，如盾牌般封鎖他的行動。中層的銅人立像群則在面具陣外繞圈，十隻神鳥不斷在饕餮身上抓出紫色血痕，一擊得手，即從立像群之間飛出，繞個圈再從外飛來攻擊。血痕雖淺，但神鳥表面的青銅元素，不止侵蝕饕餮本來堅強無比的外皮，也刺激了他久違的痛楚。

此刻站在殺夫仇人面前的「她」，為了報血海深仇，迫使自己全心研究古蜀國文明，不惜離開至親的兒子，也要學會使用外星異形賦予力量的青銅文物，捕殺化身成「笑面虎」的鑿齒。當初，年輕的丈夫曾用三星堆的青銅弓箭射傷了笑面虎，證明了古蜀國最尊貴的青銅器，比現代武器更具殺傷力。於是，她用丈夫生前的強大人脈，祕密策劃了這場青銅殺陣。困在殺陣中的鑿齒，對眼前這個女人感到驚訝。她在那場遺蹟大戰中身受重傷，雖不知為何得以續命，並生下腹中的孩子，但她的壽命應該已在五年前結束，為甚麼這個不可能活著的女人竟然會出現在這裡？

萬千思緒紊亂，鑿齒忍不住大叫：「向明月，妳何以不死！」

既然身份已被揭露，方嫜那層人臉面具宛如碎屑片片飛走，現出一張慘白的臉。沒有久別重逢的喜悅，只有廿年未晚的仇恨。

隱藏在暗雲之後的蒼月，今天晚上將彰顯冷酷光芒！

六千年前，縱目星族群來到地球，選擇了位於赤道與北極點之間三分之一的北緯三十度線，散落在亞洲、非洲和北美洲，扶植了古蜀國、古埃及與古瑪雅等昌盛文明。一千年後，古蜀國和古瑪雅差不多同時候相繼消失，極有可能是隨縱目星族群一舉離開地球。

第十三回

災星

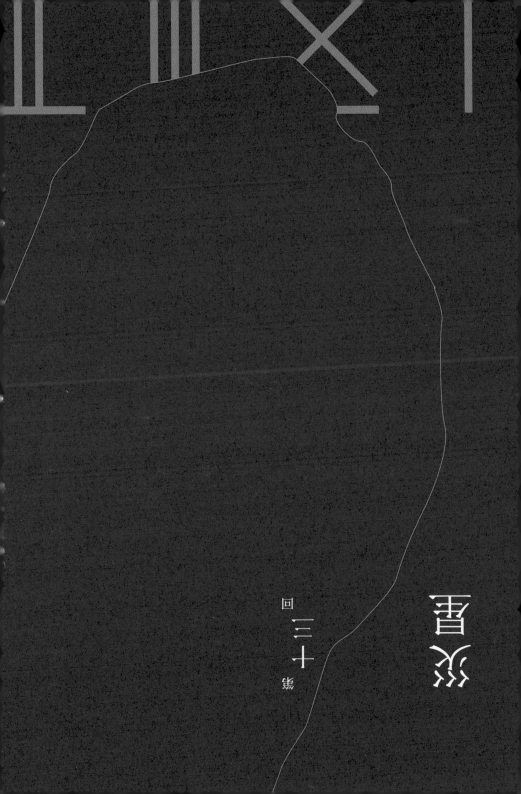

在九龍城寨那場塌樓意外的三小時後，陽天和向明月避開路人耳目，好不容易才送孫行土回到上環的點石齋。

斷了右臂的孫行土一路堅持至今，早已達到極限，甫進店內立即陷入昏迷狀態。向明月手忙腳亂，急對陽天說：「我看不如快送他去醫院吧！」

陽天聽不進她的話，自顧用力打開擺在一旁的法老王棺木，回頭才對她說：「有它，他死不了。」向明月這才看到，棺木內竟設有先進的醫療設備。

啪聲闔上棺蓋，孫行土安躺棺內，接受一連串自動化治療，陽天則脫掉上身衣服，坐在酸枝長椅上，等待向明月為他處理傷口。

可是，向明月拿著一支槍型的醫療工具，一時間不知如何下手。陽天教她放心使用，先抵住傷口吸走不潔物，之後進行消毒、注藥和縫合傷口，最後噴上與皮膚同色的薄膜，防止感染。

「阿月，妳告訴我……」陽天欲語又止，終於還是說了：「我有沒有異變的地方？」離開城寨前，他用孫行土的黑隕石測量器作過自我檢查，量度是零。

向明月聽到「異變」二字，不由得想起異變的馬岡，黃昏後一段又一段驚險奇遇，令她沉默搖頭。

陽天疑問：「沒有嗎？」向明月沒有回答，只是緊緊抱著他。陽天除了回抱她外，不知雙手該放在哪裡。

要一個尋常的女大學生徘徊生死關頭，陽天實在感到對不起她。那麼，待會要不要用醫療槍替她注射微量的失憶劑，才送她回家？還是索性讓她加入搜神局呢？但，陽天沒權作出這樣的決定……

就在陽天胡思亂想之際，店內一尊六手阿修羅像突然擺動上中下三對手，每隻手結出不同的手印，這是給他的啟示嗎？

不，這神像是信號收發器，但七十年來都沒有接收過其他地區分部的訊息，怎麼會在這一刻反應起來？

陽天立即放開向明月，急步走到控制台前，扭動頻道增強信號，向對講機說：「HK、HK、HK、HK、HK、HK、HK、HK……」向明月看著六手阿修羅像急快變換手印，宛如一場千言萬語的舞蹈，非常訝異這古董還有甚麼稀奇作用。

陽天不斷重複「HK」，十五秒後，揚聲器終於傳來一句字正腔圓的英語：「ID。」這個代號，就是曾為英國殖民地之一的印度……

因為剛才那一場橫跨亞洲的漫天異火，本來籠罩大氣層的神祕干擾被瓦解，引起藏匿各地的搜神局成員關注，開始嘗試重拾中斷了七十年的聯絡，但這也可能讓敵人重新掌握他們的位置，風險很大。

其後一小時，陽天再收到了來自韓國和台灣兩地分部的回應，於是興高采烈地報告給躺在法老王棺木內的孫行土，雖然他仍然昏迷不醒。

之後，陽天領向明月走上小閣樓。在陽天悉心打理下，這裡已從雜物房變成他的私人空間，有工作桌和檔案箱，那張單人床依然靠在窗邊。

陽天把太陽輪古弓掛在牆上，或許在那射日箭手的年代，它也是這樣掛的。

陽天決定讓向明月在這裡睡一夜，他則繼續在控制台留守。

「留下陪我。」向明月靠著陽天的肩膀，輕聲要求。陽天想不到拒絕她的理由，便留了下來。

翌日早上，陽天從法老王棺木的分析數據可知，孫行土已渡過危險期，但仍需要留在棺內八十小時作復原。至於電視新聞，只報道了九龍城寨昨晚的塌樓意外，壓死過百位市民，政府正積極跨部門處理這場罕見的大意外。

向明月驚訝馬岡、日本考察隊和日軍地下室的事實，就此消失在歷史之中，陽天則習以為常。

下午時份，陽天騎電單載向明月回家。路上，向明月看見白晝的太陽和月亮，把這情景深深印在腦海中。

向明月住在新界西一個私人屋苑，她臨別時問陽天：「我倆還會再見嗎？」

陽天經這一問，實在不想她再牽涉到搜神局的行動之中，她應該有自己的人生，便假裝隨便地說：「有空打電話到點石齋找我。」說時準備離開。可是，向明月走回他的身邊。

「陽天，要是有天太陽和月亮不再相見，」向明月認真地說：「我會花畢生的時間研究三星堆文化，包括你那把太陽輪弓，可能與外星人有關。」

陽天自然聽得懂向明月的意思，可是此時此刻，他真的不懂該如何回應她的心意，只能點點頭，不敢多看她一眼，便駕車離開。

電單車在公路上一直向西飛馳，追趕快要西沉的太陽，終於來到香港最西端的海邊。陽天向著橘紅的太陽擺出拉弓搭箭的姿態，從今開始，他要有勇氣。

就像那位容貌與陽天相同的射日箭手一樣，要有射下太陽的勇氣！

三天後的中午，陽天正等著法老王棺木完成最後的醫療程序，忽然有人推開了點石齋的店門。來人是一位比陽天年輕一點的青年，推著重甸甸的行李箱入店。他頭髮帶點捲毛，明明是黃皮膚，卻有高高的鼻子，操一口字正腔圓的英語問：「陽天先生，在哪？」

陽天聞聲前來迎接，一邊問「你是？」一邊戒備。他不認識這位青年。

青年回答：「我是從印度來的見道。」一說時拍一下行李箱表面，行李箱登時翻出很多小型零件，卡喇卡喇自動拼合起來。陽天欲問這是甚麼，見道只是露出充滿自信的微笑，示意再等一下。過了約一分鐘，行李箱暗藏的零件竟然砌成一隻機械手臂。

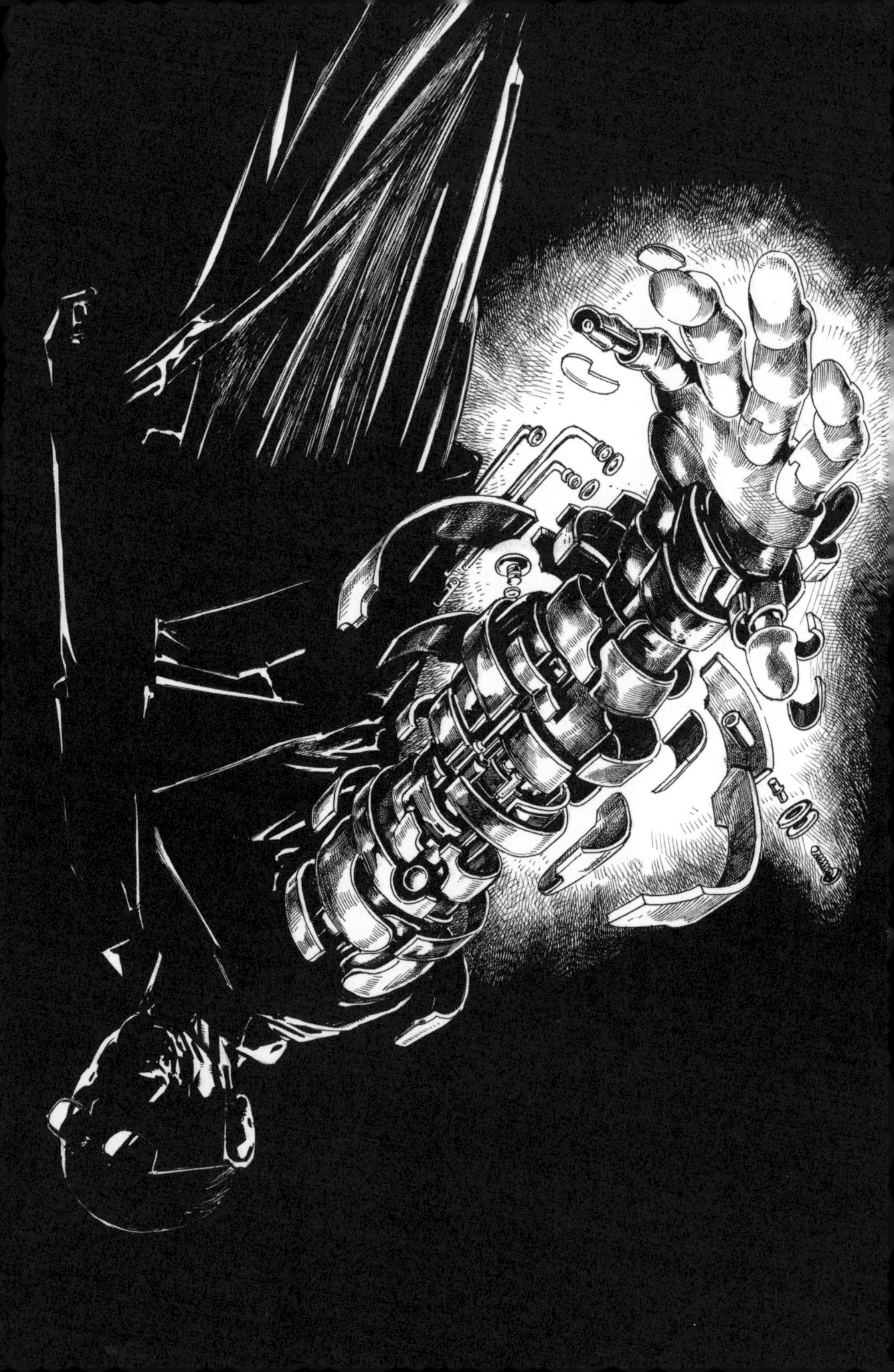

見道啪聲彈了一下手指，滿意地說：「是右手沒錯吧！這算是我送給孫前輩的見面——」

與此同時，法老王棺木打開了，陽天領見道上前看他口中的「孫前輩」。剛巧，棺木內傳出了一個又響又臭的屁，給見道聞個正著。因此，陽天不再擔心孫行土的健康狀況。

三天前的晚上，一聲「ID」，陽天與見道聯絡上了，並互通香港和印度兩地分部的近況。當見道得知「孫前輩」在行動中斷了右臂，就主動來香港探望他。

此時，見道正悉心為孫行土裝上那個機械手臂，邊調校邊說：「這個『阿修羅之臂』是從六手阿修羅所啟發出來的試驗作品，很多功能還有待改進，但勝在沒有多餘的接線，便可以與孫前輩您的思想同步，做出過千種動作，日後還可以透過軟件更新。滿意嘛大家？」

孫行土嘗試用機械手撫摸陽天的頭髮，左右撥亂，微笑說：「因禍得福，小子，多謝你啊。」

陽天聽到「因禍得福」四字，笑得無奈，見道觀察到他有點不對勁。

又過了兩天，待孫行土出門回九龍城警署當值，見道便找「陽天後輩」問個究竟。

論資歷，見道從中國籍母親生下他那天起，便是搜神局的初級特工，他的印度籍父親和祖父都隸屬印度分部，一直在這萬神國度調查神明與黑隕石之間的關係。

「我的父親有幸於六十年代末，在喜馬拉亞山遇上一位昂藏八尺的大個子，他當時正指天怒罵。」見道眼神充滿期待，繼續說：「我很想見他，他就是阿修羅本尊！」

陽天想，八尺高的大個子與六手阿修羅像，兩者的形象完全不同，那麼射日箭手的宿敵原來的真身，又會是甚麼樣子呢？

於是，陽天請見道上小閣樓，一起研究有關神話。他找出周代銅鼎的「羿射九日」鼎拓畫，見道則翻閱房內古籍，嘴裡一邊唸著「任何傳說的源頭都是真實」，手指掃過一頁文字，很快便翻到下一頁。

陽天驚訝見道何止一目十行，便問：「你平常都是這樣的嗎？」

見道微笑回應：「如果換上印度天城文字，還可以更快。」

不一會，見道找出了笑面虎所說的先祖名字，鑿齒。

《山海經 · 海外南經》記載了「羿與鑿齒戰於壽華之野，羿射殺之。在崑崙墟東。羿持弓矢，鑿齒持盾。一曰戈。」這段文字描述了羿與鑿齒在壽華的荒野廝殺，最終羿在崑崙山的東面射死了鑿齒。交戰的時候，羿執弓箭，鑿齒持盾牌，或說拿著戈。

如果笑面虎是鑿齒，那麼他拿起戈和盾牌時，才是真正的戰鬥形態。現在，陽天只有太陽輪弓，要是再遇上笑面虎，未必能敵。

見道嘗試解開陽天的心結：「如果你真的是羿的後代，就可以解釋你感染了黑隕石元素也沒有異變的原因，因為羿的異變基因早就在你的遺傳因子中。後輩你很厲害啊！」說時輕拍陽天的肩膀，給他信心。

那天，二人談到通宵達旦。陽天從見道口中得知，亞洲不同城市同樣受到黑隕石的威脅。可是，黑隕石的根源——巨大災星「阿雷斯」才是滅世的主因。「世界末日不是在一九九九年」，而是距今廿六年後的二零二三年。

每隔三百三十年掠過地球一次的阿雷斯彗星，由古希臘人首次發現，把它命名為「Ares」，即戰神的意思。阿雷斯彗星每隔一個周期，運行軌道就會接近一點，與此同時，月亮自一萬年前起逐漸離開地球，兩者之間的引力產生變化，估計阿雷斯彗星下一次回歸，即是二零二三年時，將直接撞向地球表面，引起物種滅亡的危機。

陽天又想起了仙槎生命體留下的警告：「離開地球。災星下次回歸，這星球便會化成星塵。」

一星期後，見道準備離開點石齋，臨走前非常感謝陽天和孫行土多日來的照顧。

孫行土讚見道前途無可限量，見道卻認真地說：「我有家族使命，成年之後打算留在中印邊境，進行外星族群的斡旋工作，要是一旦發生問題，對當地的人類會釀成巨大的災難。」之後對陽天說：「陽天後輩，如果日後有機會，不妨走遍亞洲，尋回更多失散了的搜神局同僚，讓搜神局再次走到前線，對抗災星回歸！But……」

陽天知道外國人說話比較婉轉，用「But」字做斷句，即是之前所說的都不是重點。

見道咳咳兩聲，才開始說：「先照顧好你的女朋友。……你總不該為了照顧我這客人而冷落她。」

陽天連忙問：「見道，你怎會知道？」

見道指向孫行土，孫行土用機械手輕拍自己額頭，裝作善忘說：「哎呀！我這幾天早更晚更忙個不停，完全忘記告訴你，那位小姐依舊每日都回到城寨考察，她很聰明，會選最多警察在巡邏的時候才去——」

陽天一時熱血上湧，心知向明月繼續考察，不止是為了掩飾馬岡的失蹤與她無關，同時也是等待陽天主動找她。

這時，九龍城寨的塌方地段很多已清理完畢，陸續重新開放。事件後，不少住戶相繼遷出，因為在明年年初，政府會因應這次意外，加快清拆西城路至大井街的地段。可是，不少商戶覺得政府的補償金額不夠，於是展開抗議行動，到處拉大字報，以及張貼抗議標語。

城寨內，滿城風波，一位平凡的女大學生出現在原本是死巷的位置。這裡已經面目全非，塌樓後留下一片殘垣敗土，陽光終於可以照射進來。可是莫說地下室，就連隧道入口，也再看不到任何存在過的蛛絲馬跡。

此刻，向明月就算心情多忐忑難安，都要學會磨練自己，應付難以預測的未來。在未來的日子裡，她希望陽天可以永遠陪伴左右，一起研究三星堆文物，一起解開古中國的神祕文化，一起生兒育女，一起終老……

想到這裡，向明月不禁解開這段日子以來的鬱結，露出期盼未來的笑容，卻完全不察覺身後有無數飛灰正無聲地捲起，聚成一隻留下可怕刀痕的左眼……

神威

第14回

MMXX

一九九九年的那場大戰之後，不知過了多少時間，向明月醒來了。她發現自己身在點石齋的小閣樓，全身骨折肉裂，陷入生死邊緣。事已至此，她寧願死亡下一秒到來，帶她前往戰死的丈夫身邊。可是，她腹中傳來了一下微弱的跳動，那個陽天與她最後留下來的結晶，像要告訴母親，他還沒有放棄生存的機會。

向明月心想，怎可能就這樣失去一切？她心念一動，撐著大腹便便的身子，翻開了丈夫出戰前交託給她的小錦盒，拿出一顆「西王母」所贈的靈藥——「不死藥」。藥名雖為不死，效用卻只限一次。她不顧其他在那場大戰中死去的正義之士，寧願背負自私的污名，也要拯救那位叫「昭」的兒子出生……

可是，不死藥的奇效無法治好向明月的心靈創傷，她一直走不出丈夫戰死的陰霾。在孩子面前她是位好母親，但身心一直受到折磨，本來活不過五十歲，最後她選擇以復仇的意志支持自己繼續生存下去，非殺饕餮不可！

此時，陽昭見母親向明月高舉金杖，控制陣內二十件青銅文物不停攻擊饕餮，恍如脫胎換骨成復仇女神，不禁吃驚又感慨。母親自五年前離開，陽昭以為她是為了尋找人生最後的落腳點，誰知竟然在策劃一場為夫報仇的青銅殺陣。

向明月對兒子說：「昭，你父親當年沒有青銅箭，於是千辛萬苦練成氣箭，你承繼了他的能力，一定青出於藍。去吧，別讓父親失望！」

陽昭聽後一時猶豫，剛才多番攻擊亦只能損鑿齒分毫，完全不及現時的青銅殺陣，但春風指著最外層的展品，那一件唯一留在架上的青銅文物，鼓勵陽昭：「看，這是伯母留給你的！」

陽昭看見了，那是直徑近一公尺的銅太陽形器，正中的圓形凸起象徵太陽，五道芒條呈放射分佈，與外圍的圓圈相接。太陽代表驅走黑暗的光明和正義，這是古蜀國太陽崇拜的重要祭器。

陽昭沒有完全理解它的價值和功用，只知它激發出自己不畏強敵的鬥志。他雙手捧起銅太陽形器，旋出一股急勁的氣流，慢慢亮起耀眼的光芒。

陣內的鑿齒被突然的光芒吸引，危機感驀生。

春風見銅太陽形器的光芒增強一分，陽昭的表情就越發吃力，明白陽昭正運氣催動它的神力，務求一擊即中。向明月配合兒子的攻擊，橫持金杖，本來重重包圍鑿齒的青銅面具群，竟然退開一公尺。得以解脫的鑿齒立馬揮動鑿牙，扯動氣流形成一幅範圍更大的阻力牆，以防青銅面具群再次包圍。

這時，他頭頂忽然有暴烈的陽光照來，赫然是陽昭捧著銅太陽形器飛襲而至，十隻青銅神鳥同時穿過陽光，拉出一道道長長的光尾，宛如十支超過兩公尺長的太陽光箭。

陽昭大喝，十箭從四方八面齊射鑿齒。向明白同時唸出殺陣的最後一句外星語，意思是「太陽隕歿」。光箭輕易射穿阻力牆，插穿鑿齒的身軀，把他重重釘在地上。鑿齒稍微掙扎，紫藍血液從傷口激射而出，受到銅太陽形器的陽光所照，立即蒸發無形。

陽昭不敢輕敵，捧著銅太陽形器逐步迫近鑿齒，照得他甲破肉裂。

向明月心忖，夫仇今天得報。春風亦為陽昭的勇敢，內心不斷喝采。

鑿齒對陽昭說：「你父親若知有你這英勇兒子，必是無憾一生……」陽昭聽到這話，仍不為所動，只差四步之距，便能把銅太陽形器送到鑿齒面前，讓這外星異形消失於宇宙間。

然而，鑿齒的話未完，續說：「因為他兒子也會死在同一戈上！」說時伸出左爪，爪尖暴長，交纏成一支三公尺長的骨戈，穿過銅太陽形器的空隙，貫破陽昭的腹部，染血的戈尖破背而出！

陽昭冷不防鑿齒有這一招，腹間的劇痛使他全身乏力，雙膝跪倒，銅太陽形器也啪聲跌落地上，外圈崩裂了一節，陽光一黯，旋即熄滅。十支太陽光箭失去光明，十隻神鳥應聲沉重墜地。

鑿齒左手一抽，長戈抽離陽昭身體，同時右手爪尖交織成一面盾牌，身上的破甲和裂肉剝落，被迅速重生的肌肉取代。他暴叫一聲，向明月和春風登時感到絕望。

鑿齒左持戈右持盾，不僅是戰鬥形態，也是以消耗生命換來的最終形態。現在，三人中最強的陽昭已經不能行動，跪在自己的血泊中，鮮血流過地上十隻神鳥。鑿齒終於可以肆無忌憚，實行原本的計劃。

鑿齒開步走近今夜的目標——青銅神樹！他舉起長戈，把剛才吸進體內的黑隕石能源全數傳給神樹。至於陽昭，就算不補最後一擊，早晚也會血盡而亡，其餘兩個女性人類若膽敢走近，便用飛盾擊殺。

不一會，青銅神樹由底座激起了黑色電流，流遍樹上九神鳥一怪龍，發出閃滅不停的黑光和白光，並產生一股強大的吸力，扯動展場的一切事物。春風失去重心，一直被拉向樹前，幸得向明月持金杖拉住她。向明月大叫：「昭，快醒啊！」但是，跪在地上的陽昭身子只是晃動一下。

突然，青銅神樹發出轟隆巨響，竟拔地而起，衝破天花板，挾帶沙石連破一個又一個樓層，衝勢越來越強，最後突破博物館天台，一直飛向維多利亞港灰白的夜空。

展場上只有鑿齒知道，青銅神樹不止記載了十個太陽的傳說，也是古蜀國人與神明溝通、上天下地的天梯。神話時代，神明絕天地通，毀掉了所有天梯的功能後，人類從此無法進入比三維更高的神界。可是，鑿齒是被神明選中的三維生物，任務是奉行他們的旨意，消滅地上對抗神明的人，收集足夠的黑隕石能源，重新啟動天梯。

現在，鑿齒藉神樹升空，告訴高維度空間的神明，他已經解除了地上所有威脅，神明可以降臨地球展示神威，並接鑿齒進入高維度空間。

鑿齒對動也不動的陽昭詭笑：「單憑三維生物的力量，是無法跟來自高維度空間的力量匹敵！」同一句話，他先後在父子兩代說過，臉上難免露出驕傲的神色。

「昭，站起來！」向明月扶著金杖，走過地上的沙石，她和陽天曾見過笑面虎召喚高維度空間的生物危害地球，所以大聲警告兒子：「你是東方搜神局！神也不怕的東方搜神局！」

春風也上前激勵說：「此刻能守護這城市的，就只有你！」

終於，陽昭按住腹部，慢慢站起來，抬頭望天，青銅神樹在空中有規律地震盪著，彷彿正在敲響連接不同維度的門。鑿齒見他力量未復，不足為懼地說：「在你死前，欣賞神明降臨吧！」只要陽昭稍有異動，長戈就會立即刺破他的頭顱，鑿齒堅信自己做得到。

果然，陽昭往一旁伸出右手，鑿齒的長戈就疾射而出。戈尖快要刺中陽昭的前額，卻發出刺耳的金屬碰撞聲，是陽昭隔空取走母親手上的金杖，及時擋住了戈尖。

陽昭回復自信的笑容：「饕餮，你不該跟姓陽的鬥！」說時，金杖外層片片碎開。母親一直持著金杖不放，除了是用來啟動青銅殺陣，也是為了守住它隱藏的祕密。金杖是古蜀國最高權威之物，內藏著的，也是能夠撥亂反正的強大力量。

饕餮只見陽昭手中現出一支長約手掌、寬約指頭的青銅棒，立即湧來強烈的危機感。

向明月說：「去感應眼前的它。它會達成你的願望！」

陽昭手握青銅棒，運力一揮，大聲說：「我要和父親一樣！」說罷，這古蜀國至高的青銅武器接通了陽昭的腦電波，尋找他幻想中的父親形象……

青銅棒左右分裂兩半，各自一化二，二化四，四化八，八化十六，十六化三十二，三十二化六十四……三秒間，過億青銅碎片組合成一組青銅弓箭！弓長四尺，弓身有著代表太陽的神鳥「三足烏」；箭長兩尺，箭鏃呈鳥嘴形，箭羽則是火紅的神鳥羽毛。

饕餮對這變形的金屬武器不詫異，但它瞬間把陽昭的力量充滿，卻讓饕餮不得不先發制人！

長戈和大盾是饕餮利用體內的生物元素和生命能源構成，加上這次對手有縱目星人的變形武器加持，饕餮把力量催谷至九龍城寨遺蹟大戰時的最高水平，因為他也尊重這位同樣姓陽的對手！

陽昭右手聚滿了五行氣勁，直注青銅箭上，沒有多想便啪咻射出！這把與人相通的奇異武器，必定令人意想不到，陽昭對此堅信不疑。

鑿齒迎箭衝前，以戈抵盾合成一擊，砰聲擋住青銅箭，一時拉鋸不下。他本來打算順勢用盾撞死陽昭，再用戈穿過向明月和春風，豈料盾上的青銅箭頃刻爆發五行之氣，金、木、水、火、土分成五路，走向鑿齒的身體和四肢！

氣如萬軍破陣，所過之處化成相同的屬性，左手成土碎開，右手成火猛燒，左腳成金墜地，右腳成水灑出，身體則成木滾在地上。

鑿齒毫無招架之力，四肢已失去知覺，只剩頭部還有功能和意識。他右眼看見陽昭收起了弓箭，來到自己面前。

陽昭知道鑿齒這次敗得徹底，只因敵不過青銅棒的神奇威力，所以他沒有感到勝利的喜悅，但仍必須解開一個自己和母親困擾了二十年的問題……

「到底我父親在那場大戰之後是生是死？」

鑿齒趁木氣未擴散到頭部，放聲狂笑說：「哈哈哈哈哈，我和你兩母子所想的是一樣啊……」木氣因鑿齒的激動，加快了滲透的速度，他趁著最後的時間急說：「……阿雷斯彗星來臨，任你們如何反抗，也難敵『上方』所定的結果……」

鑿齒說罷，天上交織出過千道黑色閃電，隨著一陣破開夜空的沉雷，直擊青銅神樹。

在維多利亞港上空，神樹引起了巨大的氣旋，風起雲湧，兩岸合共過百幢高樓大廈，所有窗戶都被吹得震動欲碎。同時，水面也翻起十公尺高的波瀾，吞沒了不少來往的小輪、觀光船和遊艇。此情此景已超越任何一個風暴級別，宛如世界末日來臨前的恐怖場面——

風急雲動的夜空發生了異常振動，形成一個一公里寬的扭曲空間。一隻能夠握破任何高樓的巨大機械手掌，突破了扭曲空間壓向大地，像要在大地留下掌印，警戒地球上所有物種，神威不可逆！

第十五回

日月並輝

不久之前，向明月的腳步還留在陽天此時所站的地方，陽光下的死巷。

陽天希望能在這裡再遇向明月，因為這地方很快就會灰飛煙滅，所以他和她留在這裡的回憶，應該是美好的。之後的未來，將會更好，陽天願意在他的月亮面前發誓：陽天會永遠陪伴她一起，一起研究三星堆文物，一起解開古中國的神祕文化，一起生兒育女，一起終老……

如果日與月下世再遇，陽天也願意守在她左右。

忽然，遠處有人大叫「虎哥回來了」，陽天不禁大驚。他急忙找到大叫的人，正是笑面虎身邊排行最小的兄弟阿水。陽天見阿水滿身污穢不堪，形態瘋瘋癲癲，便問他，虎哥在哪裡？

阿水從褲袋掏出一張皺巴巴的麗宮後座T26戲票，半瘋半傻地說：「虎哥回來了……」

陽天領過那張戲票，立時泛起不祥的預感。

正當陽天關心阿水為甚麼變成這樣子，兩個醫護人員急步趕來，左右挾著阿水。

陽天大聲喝止：「放手！你們在幹嘛？」

其中一位醫護人員：「先生！他一家人在上次那場塌樓中死了，從此精神失常，我們要送他到療養院！」另一位則說：「你敢阻我，我叫警察來！」

陽天聽到「警察」二字，血有點熱，經過十一個月的祕密任務，他依然是臥底警察。

於是，他幫忙兩位醫護人員送阿水上救護車，趁他們不察覺，欲把幾張一百元鈔票塞進阿水的口袋內，卻發現他袋內早已有一大疊金色的鈔票……

待救護車離開之後，陽天的電單車直衝麗宮。

「你找天陪我去看《亂世佳人》，好嗎？」笑面虎說得出，陽天做得到。

麗宮內，陽天走進光影自由交替的空間，大銀幕再現亂世和佳人，故事已接近結局階段。那柄刀面佈滿傷痕的大馬士革鋼刀，正握在陽天右手，準備隨時進入結局難測的戰鬥。

後座 T25 坐有一人。能坐這位置的，只有笑面虎。

陽天衝步向前，全身所有力量聚於刀刃，一抽刀，劃出半月形，直劈座上人。

刀映熒幕上的光，照出坐在 T25 的人，赫然是昏迷不醒的向明月。

刀勢突止，原來的力量全向陽天反噬，他喉頭一腥，鮮血自嘴角溢出，卡啪跌在旁邊的 T26 座位。就在此時，坐在 T25 的向明月聞聲醒來。

向明月帶點迷惑，環顧四周，了解自己身在何處，待她定眼看清楚陽天在旁，禁不住流淚，說：「陽天，你來了……」

可是，陽天卻記起，笑面虎在大路上曾說過一句話，「小姐……妳的皮囊還不錯，很合我啊！」

陽天眼前的向明月，真的是向明月嗎？抑或是——

未及分析，向明月已緊緊抱著他。

鋼刀跌在地上，鏗鏘一聲，餘音繚繞。

向明月抱緊陽天，不止一次，但這一次陽天必須判斷有沒有不一樣。力度不一樣？溫度不一樣？或是根本一樣？一星期多沒見，同樣的擁抱怎麼變得陌生了？

向明月在陽天的耳邊哭著說：「你，怎麼現在才出現？笑面虎沒有死……」

笑面虎沒有死，陽天知道，他害怕的是那該死的異形就近在咫尺。

一柄四寸短刃無聲地從陽天的右袖穿出，握在手上。

刃尖距離向明月的身體不及半尺。要壓制？要攻擊？還是一刃兩斷？

陽天下定決心，無論鑿齒族有多厲害，短刃還是會直貫異形的心房。

刃尖距離向明月的背部只有兩寸，陽天捕捉到她的心跳頻律，不徐不快，平均每分鐘六十至一百次。為甚麼她驚惶過後，這麼快便平復？為甚麼她的淚水一直流，濺在他臉上還感到點點溫暖？

S21
S26
T21
T26
T25
U26
U25

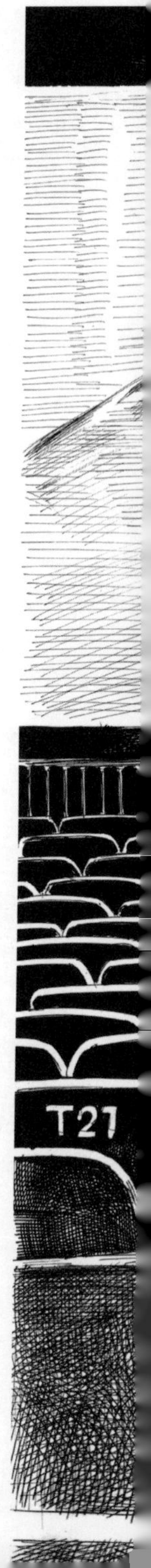

刃尖移到向明月的後頸，陽天只需輕輕一插，一切發生在九龍城寨的難忘回憶都會被收進「永不記起」的箱子裡，成為陽天腦海裡永遠缺少的一塊拼圖，再難拼回原來的景象。

終於，陽天的短刃動了……刃尖朝向大熒幕。

陽天大力抱緊他生命中唯一的月亮，只有十年累積的期盼，才能認清對方。

熒幕上的女主角，情路輾轉，最終得不到一生最愛，而熒幕下的女主角，卻通過了重重的考驗，得到命運選中的男人。

這安排是笑面虎的挑戰。陽天又一次戰勝了。

突然，從大堂樓上的超等座傳來一把熟悉非常的笑聲，打擾了陽天與向明月的擁抱。

「好呀，以後 T25 位置就屬於你陽天了。」這是笑面虎的聲音，陽天絕不會忘記。

緊接著，一個東西從樓上飛降而下，不偏不倚落在陽天手中。是卡式帶，盒面寫著「笑面虎精選第二輯」。

陽天抬頭問：「虎哥，藏頭露尾，不似你的所為？」說時持刀守護向明月。

笑面虎的豪邁笑聲隨即響起，激盪全院，向明月不禁掩耳。

笑面虎的聲音時在前，時在後，時在頭頂，說出了：「陽天以後就是『西天王』，所有兄弟的性命都交你守護，代價是『笑面虎的寶藏』！」

陽天不斷探尋笑面虎的真正位置，始終找不到他的所在。

最後，熒幕出現「Gone with the Wind」這英文片名，陽天和向明月再聽不見笑面虎的聲音。

當天晚上，小閣樓內。伏羲捧日，女媧捧月，日月並輝，兩者下身輾轉交尾，立誓永不分離。

踏入一九八八年第一天，剛巧是史密夫警察生涯的最後一天。

史密夫想見一個人，警察編號 PC9527，陽天。

陽天踏步立正，向史密夫見禮，「Morning Sir！」

史密夫笑了一笑，提起咖啡杯，說：「陽天，你現在貴為『西天王』，還要我將你復職嗎？」

陽天打趣地問：「我和你交換？」

史密夫拍拍陽天的肩，陪他開玩笑說：「不如你做香港末代總督吧。」

二人一說一笑，笑聲充滿九龍城警署署長室。站在外面的反黑組老孫，心想：過去的一九八七年，讓一位年輕警察成為九龍城寨的「西天王」，以及搜神局的新進特工。他非常滿意這個結果。

翌日，陽天和孫行土來到啟德機場的看台，看著史密夫前往倫敦的飛機起飛，然後二人繼續扮演原有的角色。

孫行土是反黑組的老差骨，平日踏著涼鞋，走遍九龍城寨。

陽天是臥底警察，目標是用一切手段打垮「城寨四大王」勢力。

然而，笑面虎留下的勢力不可群龍無首，陽天取而代之，成為新的「西天王」。

自呂烈死後，「北天王」幕後主腦立即派出另一人取代，比呂烈更強悍的神祕女將降臨城寨，為的是尋找「笑面虎的寶藏」。

而「南天王」彭博亦蠢蠢欲動，爭取城寨最後的黃金日子。

陽天用 Walkman 聽完「笑面虎精選第二輯」，令他震驚的是，「南天王」彭博是地球人與外星人雜交的混血後代。雖然笑面虎暫時隨風而逝，但九龍城寨更難收拾的殘局已出現了。

三不管地帶、罪惡之城、魔窟、無法無天的國度，還有外星難民的暫居地……

搜神局正式特工陽天，憑著勇敢、盡責和團隊精神，像九龍城寨住民一樣，展開崩塌前的最後防衛戰！

第16回

烈陽箭

是風壓太大，還是神威不可逆？

破開天空的機械巨掌壓向大地，維多利亞港兩岸的人們被迫下跪，無法抬頭看一眼。市民盡力求生，即使只能勉強爬行，也要努力找到一個能讓自己站起來的空間。

巨掌繼續下壓，兩岸摩天大廈的玻璃外牆從上而下一一破裂，無數大小碎片隨暴風滿天飛揚，所經之處建築物損毀，死傷嚴重。若任由巨掌肆意侵襲這個由巨型黑隕石墜落而成的港口大都會，不用等災星回歸，定必破壞殆盡。

只不過，哪怕巨掌是科技多先進的機械生命體，也難估算站在博物館天台的那位年輕地球人，憑甚麼敢冒犯神威。

陽昭憑的，不是神弓，而是人人皆有的勇氣。

不久之前，青銅殺陣的戰果，是鑿齒死在陽昭的五行屬性箭下，但孫行土卻不幸在殺陣啟動前壯烈犧牲。陽昭驚見機械巨掌破天而來，心忖來危害世界的，還能被尊稱為神明？鑿齒等待的竟然是這種神明？高高在上，有甚麼了不起！

陽昭想到這裡，便叫春風陪他母親離開大樓，找一個安全地方躲避。

向明月知道兒子之後要幹甚麼，勸也沒用，因為他是東方搜神局，阻止未證實身份的外星異形入侵地球，是他首要的工作。所以她只是說：「這裡我比較熟，讓她跟我來吧！」也許是終於消滅了平生大敵，她本來慘白的臉這時多了一點血色。

陽昭含笑，向母親和春風豎起拇指，便握著小小一支青銅棒，幾次飛身躍到天台。

向明月問春風：「妳是他女朋友嗎？」春風聽後一時呆著，向明月笑了一笑，續說：「嘻，我們一起扶老孫到旁邊吧，他蠻重的。」

她們一同扶起孫行土的屍體，春風發覺孫行土比一般男人重得多，搬動時有點吃力。

然而她們沒有察覺到，鑿齒那支離破碎的屍體開始化成灰塵，點點飛散……

博物館的天台上，連陽昭也抵不住巨掌的氣壓，幾乎站不起來。只不過，他不甘心地球人的命運被這所謂「神明」的高維度怪物主宰，於是揮動右手尾指，連發兩支積土箭，分別釘住左右兩旁撐住身子，不動如山。寧戰死，也不跪！

機械巨掌徐徐壓下，海水掀起幾十公尺高的巨大浪壁，從港島東區湧向九龍半島的尖沙咀至油麻地一帶。眼見不消半分鐘，尖沙咀的水平線就會升高十公尺，淹死人命過萬。

父親，你見過這怪手嗎？換上你，你會如何反擊呢？

陽昭看著半空中不動半分的青銅神樹，腦裡閃過父親收藏的「羿射九日」鼎拓圖，便問手中的青銅棒：「我想到了，你有膽量嗎？」咔咔兩聲，他手中的青銅棒再度重組成弓箭，但今次不再是一支箭，而是九支！

陽昭伸出右手，鼓起五行之氣，再反按心坎，按木生火，火生土，土生金，金生水的順序輸進體內，五行相生，不斷在經脈之間流轉，十秒間轉了百個周天，力量一次比一次強。

就在經脈快抵受不住，欲斷欲裂之際，陽昭再深深吸一口氣，架起神鳥箭，屏息瞄向青銅神樹。從剛才射殺鑿齒的經驗，陽昭知道神鳥箭是有生命的，可以自動修正所有偏差。那麼，還計算風速和風阻幹甚麼？

咻！咻！咻！咻！咻！咻！咻！咻！咻！陽昭連拉弓弦，無懼拉斷手指，青銅箭連環九發，他迎風大喊：「昭射九日——！」

連環九箭，每一箭都帶著五行之氣循環相生，破風前進！

九箭射破了神樹上代表九個太陽的神鳥，神鳥帶著紅黃白黑綠五色虹光飛離，結合神樹吸收的黑隕石能量，交織成九鳥合一的虹光神鳥，直衝距離地面十公里的機械巨掌，彩光照亮維多利亞港上空！

陽昭想，反抗可能會帶來更大的浩劫，但他所做的一切，正是要警告鑿齒口中的「上方」，人類從來都是不知天高地厚的生物，不會因為所謂宿命難改而壓抑夢想。

神鳥攻擊如果失敗，陽昭寧願將青銅棒化成細胞注入身體，與體內五行之氣融合，自身變成一支五行箭，與機械巨掌來個玉石俱焚，也在所不計。

五行之氣和黑隕石能量相輔相成，巨大神鳥飛到機械巨掌前，已成為展翅一公里長的能量炸彈。巨掌轟隆隆地握住神鳥，再次引發宛如當年震撼整個亞洲的天際異象。

深藏於神樹中數千年的黑隕石能量被引爆，衝擊力等同十倍原子彈，一旦波及扭曲空間，巨掌的主人可能會被扯到三維空間來。因此，巨掌決定撤回扭曲空間中，但神鳥巨翼一合，漫天五色虹光乍現，大爆炸直迫扭曲空間邊緣，來不及退走的機械食指和中指登時被炸得四分五裂，碎片宛如帶火流星，飛射而出！

虹光轉趨黯淡，巨掌亦從夜空中消失，巨大浪壁失去巨掌的壓力，也徐徐向四面八方消退。本來在兩岸被壓得東歪西倒的人們統統站起來，他們只見天空中出現了一隻巨大的虹光神鳥，飛撞那隻如幻似真的機械巨掌，化解了香港這場大浩劫。

未幾，在地球大氣層外，一顆直徑十公尺的黑隕石受空間扭曲影響，突然偏離軌道，極速衝入大氣層，磨擦出熊熊火焰，霸道地在亞洲上空割出一道火海，從韓國開始，跨越日本、台灣、香港、泰國和馬來西亞，直至印度方止。在網絡的推波助瀾下，這道火海比起三十多年前的天火燒空異象更為烙印人心。

看見天際間那道熊熊的火海，難道地球的命運真的早已註定？

陽昭絕不屈服，他決定用手中的青銅棒保護這個城市，要讓那些以為主宰一切的諸神煙消雲散。

陽昭知道必須聯合更多伙伴反抗，不禁振臂舉拳呼喊，希望這呼喊聲能傳到世界每一角，召喚更多異能英雄出現！

陽昭回到展場，向明月和春風剛巧完成替孫行土急救。陽昭不明白母親為何要對死人搶救，但孫行土竟然緩緩蘇醒過來。

孫行土不好意思地打開行動服，露出嵌入科技零件的身體，對陽昭說：「其實早在九龍城寨遺蹟大戰中，我已傷重垂死，幸好見道用生化科技徹底改造了我。本來我一直想守住這祕密……」

話未完，陽昭已抱緊這位亦師亦友的好前輩，孫行土亦用餘下的左手輕撫他的頭髮，像是過往消失的日子都回來了。

陽昭又發現，鑿齒離奇消失了，更麻煩的事情可能將捲土重來……

回到點石齋，又是新一天的開始。香港分部增加了向明月，守護城市的力量再度加強。

陽昭領母親上小閣樓，向明月看見昔日陽天掛弓的位置，如今換上了陽昭的弓，不禁緬懷過去。

向明月不經意地問：「昭，你父親以前常帶我來這裡，你有沒有帶那女孩子來過？」陽昭聽後不知如何回答是好。有是有，但未至於父母那樣親密的地步。可是他並不知道，母親只是在緬懷自己與父親研究各類神祕事件的日子。

同時，春風剛來到樓下的階梯，聽到這一問更為尷尬。她本想離開，卻聽到向明月說出了一個祕密。原來陽昭是在小閣樓出世的，負責接生的其中一人，正是當時改造初癒的孫行土。那天是二零零零年一月一日，一個新世紀的開始。

「媽，您相信父親仍在生嗎？」

「……就連他的敵人也希望他在生，所以我放下了。我相信他一定在世界的某個角落，為對抗災星回歸而奮鬥……」

說罷，向明月忍不住抱著兒子，她與陽天的結晶，痛痛快快地哭一場。

三天後，最新的「阿修羅之臂」從印度送到香港點石齋，負責送貨的又是亞洲地區總部長見道本人。見道年屆五十，有著成熟男人的風趣，對孫行土說：「改造維修費加上這個阿修羅之臂的升級版，我會請總部寄帳單給您，孫前輩。」

見道又頒發了獎章給陽昭和春風，完結後卻拍拍陽昭的肩說：「好姪兒，香港分部以後要拜託你了，分部部長這位置不易坐啊！」

怎麼？分部部長？陽昭擔憂地問。

向明月插口打圓場：「昭，難道你想老孫八十歲還帶著你出生入死嗎？這位置原來是你父親的，你就在他回來之前暫代這位置吧。」

在場只有春風知道陽昭擔憂的原因，微笑著說：「大家都誤會了，陽昭他一定是嫌『分部部長』太老氣，至少要學我義兄『虎將』般，有個帥氣的外號，對吧！」

陽昭拍手叫好，大讚春風冰雪聰明。一對青年男女互相吹捧「我哪有你義兄那麼厲害」、「你倆不分伯仲」、「不愧是『夜貓小隊』的隊長」……三位長輩同時感受到香港分部久違的朝氣。

最後，陽昭承擔了這個職銜，只不過，他希望大家以後能稱呼他為——

又不知過了多少個晚上，一顆直徑三十公分的黑隕石磨擦大氣層，帶著火焰長尾，闖入被光害污染的維多利亞港上空。

穿著搜神局行動服的青年，站在全港最高的百層商業大樓的天台，距離地面約五百公尺，揮出一支青銅棒，瞬間變成慣用的三足烏弓箭，自信滿滿地回應合作無間的女特工：「烈陽箭，收到！」

剛踏入二零二一年一月一日零時，新年煙花映照著整個維多利亞港，在海旁兩岸觀賞的市民們齊聲為新年喝采。

「烈陽箭」拉弓放箭，藍色的高溫火焰箭直衝目標，徹底燒盡化成碎片的黑隕石，消失在煙花散發的彩光中！

第17回——韓國篇

火線狙擊・獅！

首爾的黑森林地勢險要，人煙稀少，向來是動物天堂，由於少有人類入侵，千萬年來得以保持著最原始的生態系統。物競天擇，弱肉強食天天在這裡上演，然而，傳說森林內仍存活著由史前活到現在的神祕生物……

子夜時份，平日靜謐的森林一反常態，竟處處鬼哭神號、騷動不安。

轟！天上突然炸開一個巨型的血紅火球，嚇得森林內的動物驚懼嘶叫，花鹿、浣熊和狸貓四處奔走躲藏。

樹木在火光的高温下自燃起來，不消一會，大片林木頓成火海。消防員趕至現場進行灌救，當中一位罩在保護衣下的小個子，英勇地舉起水槍，向熊熊燃燒的參天巨木射水。

這是消防小隊內唯一的女生。

「現場地形複雜，千萬不要擅自行動，要保持隊形！」對講機傳來消防隊目的指示。

女消防員卻一邊灌救，一邊有意無意地越走越遠，走到眾人視線之外。

趁同袍都在聚精會神地應付火勢，她拋下水槍，一步一步獨自深入火勢最猛的叢林之中。

在燒成焦炭的巨木陣中，四周草叢也是放肆的火舌，現場溫度逾攝氏二百度之高，加上風勢之助，走入林間深處簡直與自殺無異。但說也奇怪，女消防員一步一步走，完全沒受高温影響，即使踏過燃燒的土地，居然也絲毫無損。

砰聲巨響，一株百年大樹在她面前應聲倒下，樹上禽鳥和地上走獸本已驚慌，此刻更是六神無主，四處亂竄。百獸的嘶叫哀號，令混亂的森林恍如煉獄。

眼看已無路可走，女消防員卻不是設法救火，反而從制服中掏出一件毛茸茸的玩偶，放在地上。神奇的是玩偶甫著地，居然自動跳起，原來是一隻小狗！小狗被高温猛烈的火勢重重包圍，非但沒有驚慌，更逕自衝向燒得正旺的林木中。女消防員看著，完全沒有阻止。

小狗跳進火海，瞬間被熊熊火光淹沒。未幾，火光中隱約有一道黑影迅速膨脹變大，化成一隻俯伏的巨獸，仰天發出一聲震懾森林的吼叫。

「吼——！」

火光之下，巨獸有著成年人一樣的身高，四肢粗壯結實如四根大柱，紅色的眼珠在火海中依然像紅寶石一樣炯炯生輝。牠頭上有隻月牙狀的獨角，在烈火中越生越長——赫然是傳說中的遠古神獸「獬」！

獬衝向燒得正烈的攔路巨木，張開嘴巴，就把火吞食進肚子裡去。如此在火海中來回奔走吞食火炎，火勢瞬間減弱，飛禽走獸馬上倉惶逃生。

女消防員說：「獬！你的預言成真了！」

「這事我一百年前就知道了！」說罷，獬向著天空的血色火光，發出長長的怒吼。

黑森林的另一端，一隊準備狩獵的精鋭部隊正人強馬壯地向山上進發。

一陣巨獸的吼叫聲在山谷中回盪，震得樹葉紛紛掉落。領頭人為謹慎起見，向爬山車內沉默的貴婦請示。

漆黑車廂內的貴婦看不見面目，只見她手優雅地一揚，示意部隊繼續前進，纖幼的手指上一顆晶石發出幽暗的光芒。

那是一顆黑隕石戒指！

罪業之火，焚燒人間。滅火拍檔，瓦解危機！

第18回——日本篇

驅魔事務所

涼風送爽，星辰伴月。初秋的京都，一步一景。

楓葉不讓繁花專美，轉妝化作片片搖曳的鮮橘艷紅，比花蕊更奪遊人心志；古樸的寺廟不用粉飾貼金，靜靜佇立於山水間，自有莊嚴氣派；河水隨著矮小的堤壩傾瀉到百年古橋下，沒有雄渾滔滔之勢，襯在京都秋景之下只有更柔美可親。

嵐山渡月橋，不愧為京都美景之首。

「爸爸，我漂亮不？」

小姑娘穿上花俏的浴衣，在父親面前得意地轉圈。是夜的晚燈盛會，會場內一定會碰見不少同學，小女孩可不願被其他人比下去，尤其是那可惡卻美麗的女班長。

「惠子，我們出門了！」年輕父親踏著木屐，領著女孩的小手往渡月橋方向走去。

一路上，穿著各色印花浴衣的女生，恍如人間的繁花朵朵綻放。她們提著小手袋，撥著紙扇前往晚會，雖然一群一群的用手機自拍，可是在傳統裝飾的大街上，還是有股真實的復古意味。

夜空下，大街兩旁的木柱高高掛滿紙燈籠。白色的燈籠散發柔光，木柱一排一排夾道鋪展，街道逾百個燈籠成為遊人拍照打卡的勝地。有本地人帶同穿上迷你和服的小狗拍照，一時成為旅客的景點。

女孩任性地拖著父親吃盡攤檔小食：燒雞串、鯛魚燒、刨冰……一輪亂吃亂喝，晚會要開始了。

只見一群戴著花冠、化上全妝，穿著傳統和服的婦女排成兩行緩緩而至，隨著領頭的舞者開腔，所有人跟著吟唱起來。婦女一邊踏著碎步，一邊揮紙扇跳起傳統舞步，路邊的舞台射燈橫掃一張張面譜一般的臉，外國遊客、記者還有電視台攝影師紛紛舉機捕捉畫面。

現場氣氛熱烈，縱有秋風吹送，人人還是汗流浹背。但為了留在有利位置觀看巡遊，沒有一人願意離開。

「救命呀！」

尖銳的呼救聲驚醒了眾人，高掛在木柱上的紙燈籠不知何時給燒了起來，紙燈籠一個連一個，火勢眨眼間一發不可收拾。

「快跑啊！」

「水！水啊！」

「人來！快來救火呀！」

混亂一起，人人爭相逃跑。越站近木柱的人越想逃，越逃不掉，眼看人擠人馬上要變成人踩人的時候……

騷動中，一位裝束奇特的俊美少年冷眼靜觀。他皮膚細嫩如初生兒，兩道秀美修長的眉毛橫臥，鼻樑窄長，薄唇緊閉，可以說，這是張美得像少女的臉龐，如果在臉上畫一條線中分，左右兩邊近乎對稱。

美少年頭戴烏帽，穿一襲幾與身長相稱的暗花長袍，腹間收攏，兩隻闊袖子把雙手完全掩蓋，只有一邊袖口露出一把華麗的蝙蝠扇。

那是狩衣。不是熱衷角色扮演的漫畫迷，而是貨真價實的陰陽師。

美少年在混亂的人群中喃喃誦念咒語，接著提起蝙蝠扇一撥——燈籠上燃燒著的火舌瞬間變成七彩繽紛的花瓣，本來恐慌的場面突然變成飄下片片花雨的浪漫景致。

遊人一時反應不過來，明明看見火舌肆虐，怎麼忽然變成了花雨？是眼花？是餘興節目？

「爸爸！爸爸！嗚嗚……」小女孩與父親失散，放聲大哭。父親循著哭聲而至，一把抱起愛女。

「美奈子，爸爸在！別怕別怕！」年輕爸爸輕拍小女孩的背加以安慰，「今晚太多人了，我們回家好嗎？」不等女孩回應，他已往回家的方向走。回到家中，他才發現美奈子的浴衣燻黑了一角。

從火起至花雨只是一瞬間，此刻遊人都拍起手掌，為這精妙絕倫的表演喝彩。唯獨一對青年男女不為所動。

「這個絕對是我們事務所的大生意吧！」少年把玩著手中的劍玉，一臉滿不在乎。

「這樣，我們網站的點擊率一定火熱了。」穿著女僕裝束的少女拿手機對準天空，手指一點，鏡頭對焦天際一片妖異赤紅的雲海。

美少年陰陽師以扇掩著鼻子以下的臉龐，一雙憂鬱的眼睛凝望赤色的天空，以心傳心告訴那對青年男女：「若是這樣，咱們驅魔事務所，回到江戶便要招人加盟開分店了。」江戶是東京的古名，他始終不習慣現代的稱呼。

不久，遊人回復故態，轉瞬又被晚會的種種新奇吸引眼球，渾忘剛才的驚恐。人類，是如此善忘的嗎？

戰場，就在廿一世紀江戶！

第19回——台灣篇

夜照師

周末的台北，晚上九時，街上處處是不甘寂寞的靈魂。

一群大學生模樣的青年男女簇擁著擠進人流如鯽的夜市，本地人、日本人、韓國人、美國人……說不出來自何方的面貌擦肩而過；成年人的高談闊論、小孩的尖聲耍樂，還有攤檔火爐熊熊的炒菜聲不絕於耳。縱使語言不通又文化各異，大家都樂於為五臟廟的福祉摩肩接踵，在熱鬧的夜市裡你擠我、我擠你地，享受熱騰騰的街頭美食。

這裡是台北，誰會掃興早早歸家？

「我要吃胡椒餅！我要吃胡椒餅！」

「先去吃排骨湯，這個賣完就沒囉！」

「蚵仔煎在那邊，我們先去那邊吧！」

年輕男女七嘴八舌爭論著先吃甚麼，但旅客絡繹不絕，他們根本無法三心兩意，只能循著人潮緩緩前進，看到好吃的便馬上買下來拍照、修圖、打卡，最後把放涼的美食吞下肚。在這樣的日子，錯過了就不能再回頭光顧。

好不容易挨到馳名排骨湯的檔口，一伙人幾乎已被人潮沖散。

「傻葱呢？不是要吃排骨嗎？」

「不見咧！」身形高大像籃球健將的男生踮起腳尖往回望。

「那我們進去吧！不管他們囉，吃不了沒得怪人！哈哈！」

濃烈的中藥味在空氣中飄蕩，二人點了檔口的招牌排骨湯配臭豆腐，在露天的街中心大快朵頤。

「欸，這是甚麼？」

「不知道咧，真詭異……」

「Hey! You see!」

「媽媽！媽媽！快看！是世界末日嗎？」

一時間，空氣中泛起種種疑惑、感嘆的情緒，夜市裡每個人都抬頭看天，口裡吐出不同語言的相同疑問。在檔口吃著的一對男女，不禁往眾人仰視的方向看過去。

夜空中，一片延綿數公里的血色紅霞久久不散，不祥地籠罩著整個台北。

「不會是甚麼不好的兆頭吧……」女生皺著眉頭壓抑不安。

「我在這裡擺檔二十年，從沒看過這樣的天空呢！」排骨檔檔主也停下手來，不過很快就回復正常。「欸，你們都吃完了嗎？有沒有嚐過我們的滷肉飯？也很棒的！」

「啊！不用了，我們已經吃飽了，謝謝！」二人結帳離開，夜市亦回復正常，再沒有人注意天上的血色紅霞。

一行人會合後逛至十時多，人人抱著肚子搭上不同的公車回家。

「明天八時半課，不要又睡過頭啊！」

「知道了！明天見！」少女甜甜一笑，與男同學作別。

公車在夜色中奔馳，少女正睡得香甜之際，一陣強大無比的衝力把她整個身子向窗邊壓，走廊另一邊的乘客凌空拋了過來。少女頭部撞向玻璃，馬上失去意識。

不知過了多久，她醒來發現自己整個人正打側卡在座位中，乘客東歪西倒，肢體恐怖地折屈變形，原本應該是向街的車窗，風景換成冷冰冰的石屎公路。

公車翻側了！

少女強忍痛楚爬出公車，天地黑得伸手不見五指，路燈、建築物、馬路……一切能辨別方位的物事都被黑暗吞噬。少女在寒風中想呼喊，卻叫不出聲，眼淚一顆一顆簌簌落下。

她不知道，是夜台北，二百多萬人都在黑暗中度過……

漆黑的城市邊緣，一間裝潢古老的書店裡透著若隱若現的光芒。

一個皮膚白皙，外表柔弱，充滿文人氣質的童顏男子借助微弱的光線，在書架前搜索書本，似乎完全不把停電當一回事。

仔細一看，點點微光在半空中游移，照著他的手指在排列有序的書脊上移動，原來是螢火蟲。

螢火蟲古名「夜照」，在世界陷入黑暗時，牠們是引導人類前往光明的最佳指引。

「啊！找到了！」

男子從書架中抽出一本古老的硬皮書，推一推金絲圓框眼鏡，打開圖鑑中印著遠古隕石撞擊地球的一頁。

男子喃喃自語：「知識，不單可以改變命運，更可以改變宇宙秩序！可是要找別人合作，這就有點麻煩了。」

城市暗藏星斗，竟是異形陰謀？

第20回——泰國篇

黑俠夜叉

晚上八時，泰國曼谷鄉間一所小寺廟內，一名帶髮修行的壯漢正跟一群孩子講道。

「一顆種子所以能長出美麗的花朵，除了因為它是花的種子外，也因為泥土、陽光、空氣等環境造就。我們每個人都是過去的生命所結下的種子，有善業也有惡業，它蘊藏在我們的八識心田裡，影響今世的苦與樂。但就如泥土、陽光和空氣一樣，我們可透過在現實生活中行善積德，以種種助緣去消除宿業，添福增樂。」

堂內鴉雀無聲，孩子們澄明純真的眼睛專注地看著壯漢，像在熱切地期待著甚麼。

「好吧！今天就到此為止。大家去吃糕點，然後回去睡吧！」

「嘩！」孩子們跳起來歡呼尖叫。五歲的、七歲的、十歲的，孩子們你推我撞，賽跑似的笑鬧著奔至堂口，鞋未穿穩便一溜煙奔向廚房。

「要聽欽娜姑娘的話先洗手啊！」壯漢在堂內高聲叮嚀，接著轉頭向身旁的孩子溫柔一笑：「來，我抱你。」

在這所簡陋的小寺廟裡，壯漢與名叫欽娜的女子照顧著十多名孤兒。壯漢抱著的，是十二歲年紀最大，天生不良於行的「老大」。

「……我是不是很麻煩？」老大摟著壯漢，依戀的姿勢使他看來比實際年齡小。

「怎會，你又忘了我說的故事了麼？明天課上，我再跟大夥兒說說這個關於麻煩的故事……」

壯漢抱著老大，一步一步小心翼翼地從內堂走向廚房，走得非常緩慢。

天空突然一記巨響，「呀！」的一聲，老大驚呼著瑟縮在壯漢懷裡。

「打雷了！很可怕！」

壯漢蓬頭垢面，長髮遮蓋雙目，一雙奇大的耳朵從髮間露出，像在細聽這不祥巨響。

巨響休止，怪異天象隨之而來。帶著火光的沙石竟如下雨一樣從天而降，高速墜落寺內，本已破舊的瓦頂、石柱紛紛被打穿。

「有東西飛過來啊！」老大驚呼。

壯漢邁開大步跑起來，沉重的腳步令腳下脆弱的木板吱吱呀呀的響。他弓身包覆著老大，一眨眼便把他護送到廚房與眾小孩會合。

「甚麼事了？」欽娜憂心忡忡。

「沒事，只是忽然天氣不好。」壯漢轉頭向神色驚慌的孩子們柔聲說：「叔叔在，不用怕！乖乖吃糕點，叔叔很快回來。」

寺廟門外，巨大的夜叉石像被密集的火石擊中損毀，猙獰的臉上斜添一道裂縫。

壯漢步出寺廟，強風颳起，樹葉被吹得沙沙作響。天仍下著火石雨，有火石落在草間燃燒起來，平靜的鄉野一時恍如戰場。有燃燒的沙石直擊壯漢頭上，卻被一股看不見的氣場彈開。

壯漢抬頭觀天，亂髮被強風吹開，粗雜的濃眉下眼珠一片啞灰迷濛——原來他是個盲人！

壯漢目不視物，卻似乎看得見天際那道尾巴一樣的不祥血雲。

「廣結善緣，普渡眾生。」壯漢雙手合十。

壯漢從衣服裡掏出一團黑色球狀物，柔軟的材質像陶泥一樣可任意塑形。他把黑球在手中搓揉片刻，然後像拍麵粉團一樣大力摔在地上。黑球反彈到十數尺外，如魔術一般幻化成一道古雅且奇異的拱門。

拱門懸浮不動，壯漢先退後一步，再全速衝向拱門，先是頭部，接著是肩膊、身體、雙足……

同時，在拱門的另一邊，伸出來一個鑲嵌瑪瑙的頭盔，接著是金鱗盔甲的身軀，然後是一雙穿著戰靴的腿……

壯碩的異人整個從拱門走出來，反手一抄，拱門已收藏在盔甲內。他一轉身——不正是寺廟門外的極惡守護神「夜叉」？

極惡制惡，普渡眾生。

第21回——馬來西亞篇

虎將

馬來西亞的馬六甲森林內，有一大片棕櫚樹和各類植物，有些參天古樹已存活千年，像守護森林，默默觀看繁衍。

其中一棵千年古樹，樹幹巨大，需十人才可合抱，高若數層大廈，樹枝繁密粗壯，樹葉茂盛油綠，此刻樹上正盤坐著一個年輕人，是本名林康柏的「虎將」。

康柏穿著虎將的面具和戰衣，由夜鷹提煉千年橡樹特有的橡膠元素製作，刀槍不入。且從中醫角度在戰衣內加入激活穴道的裝置，激發人體潛能，增強功力。

夜色之中，偶爾一些鳥類發出叫聲，卻不喧囂，森林進入深沉的靜謐。

康柏盤坐於古樹上，參悟大自然蘊藏的力量，點滴吸收，融入萬物為一之境。

自從康柏於神山祭典中，與宿敵犬牙王一戰，自覺實力不足，最後幸得金山公主之金花異能，調整身心力量，催起家傳絕學「虎將戰道」的最高絕技，開啟眉心的「山君之眼」，方能制敵。然而，山君之眼不能隨心開啟，為了應付日後不同的敵人，必須靜下來，潛心修煉。

各類鳥群忽然齊鳴，夜色有異，康柏舉頭一看，天上泛起一抹妖異紅光，火花閃爍，泛起令人窒息的壓迫感。康柏心感不祥，這時身邊的通話器響起。如非緊急必要，夜鷹及夜貓小隊理應不會找他。

通話器傳來夜鷹的聲音：「康柏，看到天上的紅光嗎？看來天火絕對不是傳說，地球的時間越來越少了。」

康柏正色說：「單憑我們，沒有辦法抵擋這股恐怖力量！我們一定要尋找更多同伴，對抗這個災劫！」結束通話後，康柏從古樹跳到地面，走了數里，在山壁旁的空地停下來，預備測試這數天的修煉成果。

猛虎怒嘯，天火浩劫。

康柏專注把全身的能量集中眉心，打開山君之眼，鳥群及動物一哄而散。森林颳起大風，樹葉隨風繞著康柏，以他為中心猛力旋轉。旋風最後捲至康柏雙臂，他發出一聲虎嘯——吼！

雙拳集合了整個森林的力量，重重擊向山壁，山在震動，被轟出一個巨大深坑，煙霧瀰漫。眉間的山君之眼慢慢消失。

康柏盤坐調息，想起春風跟隨陽昭前往香港，二人雙雙加入搜神局的報告。如果陽昭承繼其父陽天之大任，召集世界各地異能強者，結伴一起對抗阿雷斯彗星，定可化解這場二零二三年降臨的「天火浩劫」。

康柏亦寄望山海土三族後人能承先祖的遺訓，一起對抗災星，守護馬來西亞。除了有海族的金山公主並肩作戰，他還希望不死身的土族異變狼人「犬牙王」能脫胎換骨，捲土重來！

第22回——印度篇

天問・阿修羅

天剛入黑，十六歲的印度少女祖依達，穿著黃色的傳統服飾，一頭曲卷長髮披肩，坐著父親駕駛的貨車，顛簸地來到位於聖山五公里外的小鎮。他們一家六口，打算在明天日出時舉行朝山儀式，繞行聖山。

聖山雖然只是一座高八百多公尺、巨石遍佈的山丘，但它的由來，據說是主神濕婆為了平息創造之神梵天和維護之神毗濕奴的地位之爭，顯化出一道光束而成。虔誠的人們相信，只要赤腳以順時鐘方向前進，走一步便能得著世間的快樂，走兩步便能得著天堂的快樂，走三步便能來到梵天的居所獲得賜福。

祖依達自小就聽過梵天的神話，祂創造了宇宙、世界和萬物，並居住在「天界」。自通往天界的天梯消失之後，地上的人類再也無法與神明溝通。而被逐出天界的墮落神明，則會喪失有關天界的記憶——想到這裡，她那雙橄欖綠色的眼睛不期然地望向漆黑的天際，祈望體內的靈魂早一步前往天界。

突然，父親的貨車停止了前進，燈火通明的市集內，有幾十人擋在大路中央，不知圍觀著甚麼。祖依達抱著少女不該有的好奇，走出車外看個究竟。穿過重重人堆，她聽到前方有男女們在叱喝，其他人也大喊附和。好不容易來到最前面，她才見到路上有一個大男人正抱頭跪著，被眾人擲石攻擊，頭破血流，卻不懂得反抗或逃走，只是不停哀鳴和哭泣。

大男人的大，只是跪在地上，已經有一公尺半高，肩寬若兩個男人並排，還有一雙粗如神廟石柱的臂膀。尋常來說，哪有人敢惹這大男人？偏偏在這時候，他卻是受盡欺凌的一個。圍觀的人很多，但沒有人伸出援手，只有一位少女跑出來阻止。

祖依達攔在大男人身前，左右兩手啪啪兩聲，接過兩塊飛襲而來的石頭，借接石後的餘勁，原地提腳後翻。大家為她突然現身而驚訝，為她的美貌而神迷，更為她將手上石頭化成點點幻彩花火、散飛四周而喝采，不再攻擊她身後的大個子。

翻身耍把戲，還有吞火、放飛刀等等，都是祖依達和家人賴以維生的伎倆。一年三百六十四天，她們一家坐在貨車上來回印度各邦，只有這一天會前往聖山，準備明天的朝山儀式。

大男人看見火屑飄到面前，伸出雙手一合，啪！他手掌也是普通人的九倍大，火屑被他拍手時的強風吹熄，連的祖依達也被震耳的拍掌聲嚇倒地上。

祖依達從地上坐看那大男人，發現他的樣子完全不像本地人，骯髒的皮膚下隱隱有點暗藍色，眼神散亂，動作怪異。她跑遍東西南北，閱人無數，猜想這大男人應該是迷失了神志。她連忙撐起身體，拉住他的巨掌，示意他也起來。

沙土啪喇啪喇從大男人的雙膝落下，祖依達這才看見他昂藏八尺，全身壯碩，但他的雙眼沒有看她，也沒有看那群欺凌他的人，只是望向上天，嘴裡吐出旁人難懂的古怪發音。

「不祥人！不歡迎他！」

「他所到之處必有災情！」

「帶他離開！帶他離開！」

人群再度起哄，無論如何，祖依達與這大男人看來非走不可。

可是，任祖依達如何拉大男人，他還是動也不動，雙腳重重釘在地上，一直向天咕嚕咕嚕，越來越大聲，越來越大聲，越來越大聲！

祖依達連忙掩耳，正欲叫他快停止時，突然地動山搖，強烈的地震毫無先兆地出現，周遭人們立時四散，雞飛狗走，市集陷入一片混亂。受驚走不動的人被從後湧來的人群踐踏，造成嚴重的傷亡。

在這危急關頭，祖依達看見父親的貨車迎面駛來。父親從司機座伸手出來，叫嚷：「女兒，快來！快來！」祖依達想放下大男人，拔足逃走，卻忽然被一隻巨臂抱起，未及驚呼，人已在半空……正確來說，大男人抱著祖依達，飛越了她父親的貨車，甫落地便高速跑離市集。

祖依達隨父親四處賣藝十多年，未曾見有人跑步時能留下這麼深的足印，加上本來神忐忑忐忑的大男人，這時卻異常冷靜，令祖依達難以接受這短短數分鐘的突變。

最可怕的是，不消一會，大男人已來到未被地震波及的聖山山腳，順時鐘繞山走了三大步才停下，把猶有餘悸的祖依達放下來。

她不會忘記朝山儀式，走一步便能得著世間的快樂，走兩步便能得著天堂的快樂，走三步便能來到梵天的居所獲得賜福。

難道，兩人來到了梵天的居所——天界？

大男人猛然望向天上，祖依達不禁跟隨他的視線，只見夜空湧出火紅的雲浪，恍如天劫降世。兩人不約而同感受到強烈的恐懼，腳下之地，怎會是天界的入口？

祖依達大愕指天，問：「這是甚麼一回事？」

大男人看見火海般的天空，紅光映照，他的神情變得憤怒，皮膚下蒼藍血色暴現，仰天猛力呼號：「梵——天——！」

祖依達終於聽懂了他的話，是梵天，神話中至高無上的創世之神。如今，她翻開腦海的記憶，快速搜索從小看過的所有神像，彷彿眼前這大男人曾是其中一員。

同時，天空的紅光飛墜而下，赫然是帶火的黑隕石。大男人被完全激怒，渾身突然爆發金光。

刺目無比的光芒，勾起了祖依達的回憶。眾神之中，有一位被逐出天界的戰神，喪失了天界的記憶，流落人間超過千年。他的名字正是……

大男人的怒氣和鬥志同時爆發，體內細胞瞬間重新排列，轟轟兩聲，左右伸出兩對彷彿能翻天覆地的強壯巨臂，表面帶有生物與機械融合的肌理和質感，絕非人類可製造之物。合共六個拳頭，握得咯咯作響，爆發出不輸火海的氣勢！

大男人一躍而起，巨軀直衝天際，六拳連環打向迎面而來的黑隕石火球。一輪未止，再來一輪，連環千拳，叱喝不停，打得黑隕石完全在半空消失。

拳盡，但怒意未盡！

「我乃戰爭之神阿修羅！地球屬我管轄範圍，哪管天上天下，沒有人可以代我決定這個星球的命運！」

他的名字是阿修羅！敢與梵天為敵的戰神阿修羅！

從此，這名字永遠伴著祖依達的一生。

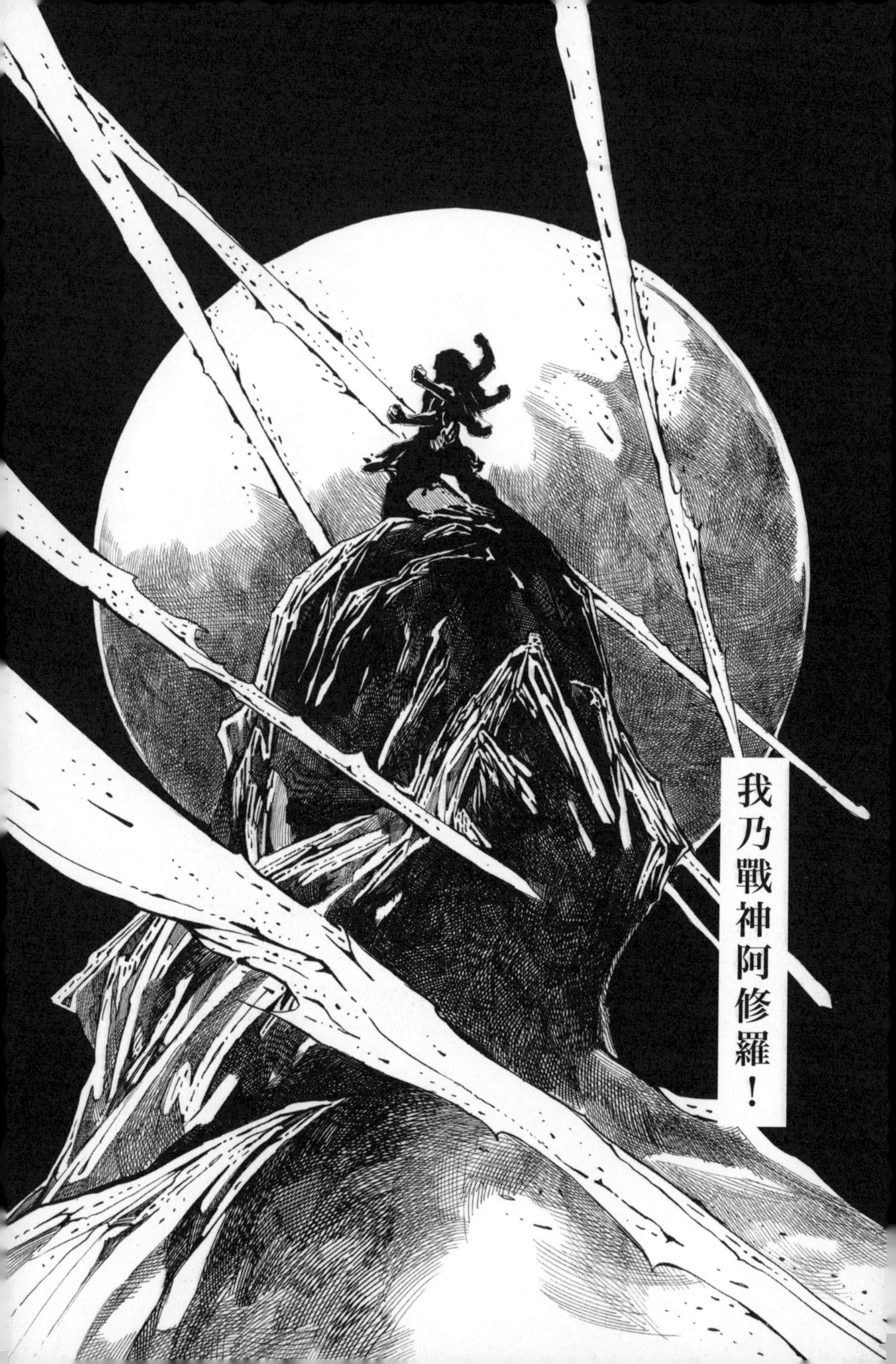
我乃戰神阿修羅！

災星回歸，地球蒙難，
毀天滅地，碎成星塵。
黑石異能，千年覺醒，
七方英雄，應劫而生。

烈陽、夜照、陰陽、破邪、
惡獸、狂怒、鐵血……

超越次元，聯袂逆神威！

第一期・完

創作背後

中華文化與天火傳

《東方搜神局》系列描述來自亞洲不同城市的七位異能英雄，抱持不同的理念和動機，因緣際會集結在一起，聯手對付二零二三年回歸地球的滅世彗星「阿雷斯」，譜出段段泛亞洲英雄神話。本書《天火傳》為系列的首部作品，建基於中國神話傳說，特別是當中的科學精神和英雄主義。大抵上，中國神話分成上古和近代兩大部份，《天火傳》意圖建構一個新世代神話，推進中國神話文化的傳承。

科學精神，可說是中國神話有別於外國的最大特點。同樣是關於火的神話，希臘的普羅米修斯盜走太陽神阿波羅的火種送給人類，而中國的燧人氏則鑽燧起火，就是一項科學發明；又例如大禹治水，亦蘊含了治理水患的科學意識；而嫦娥奔月，正鼓勵著現代中國人為實現兩千年前的浪漫神話而奮鬥。這些神話敘事皆遺留在大量史前文物中，從甲骨文、金文

神話文化
科學精神
英雄主義

等都能找到蛛絲馬跡。《天火傳》的創作意念，就是「任何傳說的源頭都是真實的」。

上古神話・英雄誕生

大家熟知的上古神話，從盤古開天闢地說起，女媧造人、神農嘗百草、黃帝戰蚩尤、共工怒觸不周山、女媧補天、精衛填海等等，都是華夏先民結合了當時的文化歷史、自然環境和原始社會生活創造出來，口耳相傳而成的。在傳承的過程中，內容日漸豐富，藝術性亦日漸完善，如中國最古老的志怪奇書《山海經》，就保存了不少膾炙人口的上古神話。

上古神話的內容，代表著古人對宇宙及生命起源的理解，為研究史前文明提供珍貴的猜想和記錄。在原始社會，先民們無力抗拒大自然，於是便設想自然是由某個人格化的神靈控制。而隨著社會和技術的發展，他們學會了征服自然的力量，於是便創造了一系列英雄戰勝自然的故事，如追日英雄夸父、射日英雄后羿、治水英雄大禹等。

近代神話・英雄敬畏

近代神話結合了那個時代的社會現象、歷史文化和人物為背景，相比上古神話，題材更廣更雜。它們大多有書籍傳承，如《西遊記》、《八仙過海》、《白蛇傳》、《聊齋》等，充分表現了當時的民族風情，以及人們對美好生活的嚮往，對悲慘事物的憐憫，對英雄的敬畏。

特別是《西遊記》的神話英雄孫悟空，既有法力神通，又具勇猛果敢的精神，成功塑造出一個家喻戶曉的藝術形象。就在吳承恩《西遊記》問世後一百多年，人們已先後在福建福州、廣東潮州為這位曾大鬧天宮的反抗英雄建立廟宇，叫做齊天大聖廟。

新世代神話・英雄集結

踏入廿一世紀的今天，科學文明先進，人類對宇宙的認識加深，那麼現在就不再需要創造神話，或是足以作為象徵的英雄了？答案可能有很多，而我們堅信，任何時代都會有神話誕生，那是時代必然的現象，因此下定決心編寫新世代神話《東方搜神局》系列。故事以精選亞洲各地承傳數千年的神話為基礎，帶有地方性和英雄主義，並追溯中國神話文化。讀者對神話原典耳熟能詳，再把故事放到現代重新演繹，更有共鳴感。

《天火傳》的核心人物：陽天和陽昭兩父子，初登場時皆為正義組織「搜神局」的新進特工，身負由中國神話傳承下來的異能，因為一次高維度空間的機械生命體襲擊香港，帶出其他六個亞洲城市的異能英雄，他們的登場故事，都滲透著中華文化及神話哲學在其中。

總括而言，神話不單純是原始社會的特產，更是人類理想主義的作品，標誌著現代人的精神路徑。《天火傳》啟發自中國神話文化，而神話中的科學精神和英雄主義都透過故事中的多位異能英雄付諸實踐，並攜手創造新世代神話那不可預知的未來。

陽氏父子與射日神話

陽氏父子的英雄事蹟，取材自《山海經》的「后羿射日」神話。帝堯時代，天上同時出現十個太陽，大地烤焦，莊稼乾枯，於是帝堯向神射手「羿」請求，展開射日之戰。羿射下了九個太陽，拯救險成焦土的世界。此外，聯繫父子二人的女主角向明月，設定上與「嫦娥奔月」神話有關，她服下西王母不死藥的情節，其動機雖與神話原型不同，卻又息息相關。而后羿的宿敵「鑿齒」在小說中是外星異形，既是神話浪漫化的描寫，也暗示了上古中國已有大量外星族群存在。

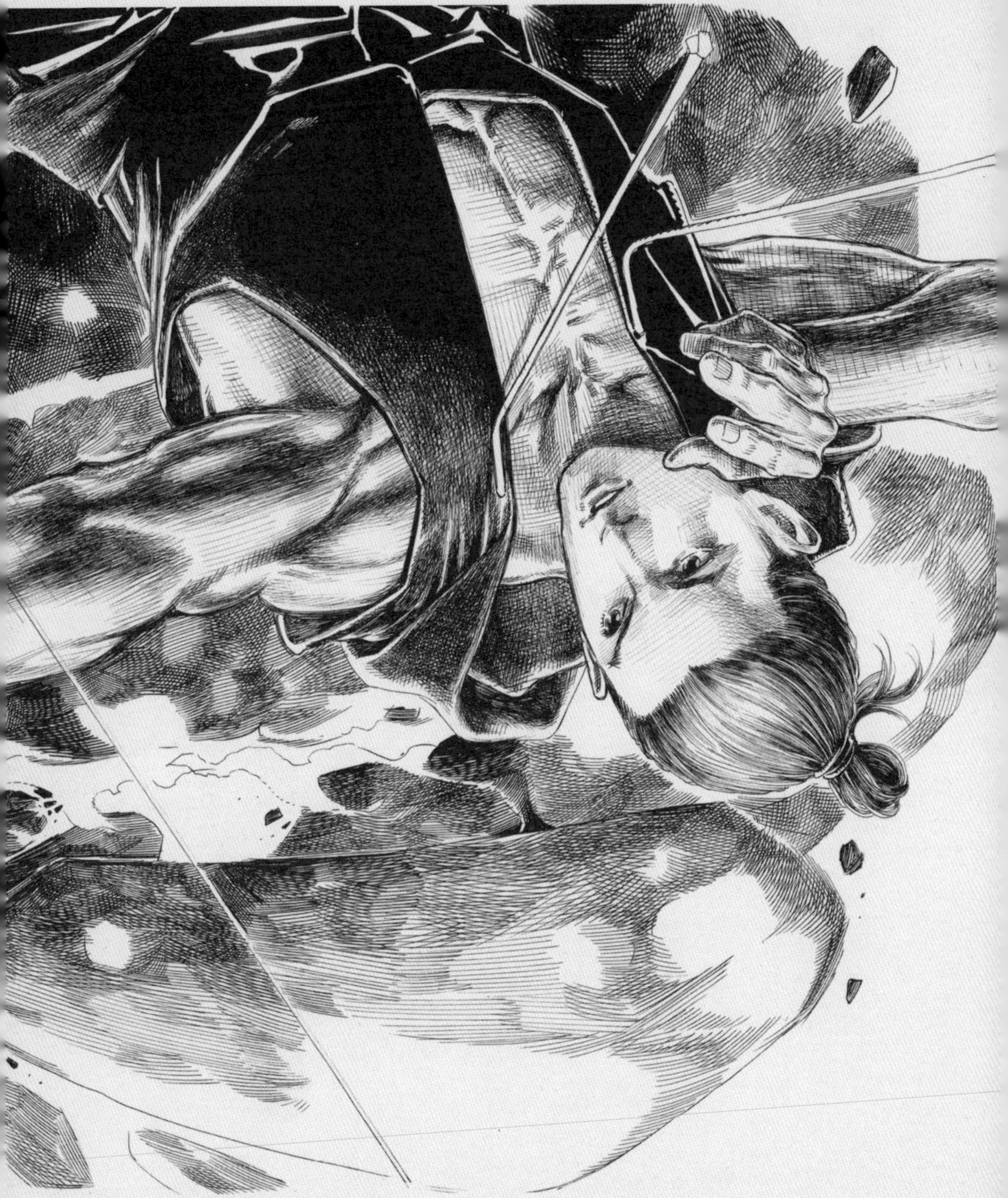

虎將與莊子〈逍遙遊〉

在《天火傳》中經常提及的馬來西亞異能英雄「虎將」，取材自當地神話人物「虎神」，是一位懂得幻變仙術的勇士，能化身成猛虎，保護人民安危，受當地人奉為森林守護神。不過在創作上，虎將的塑造糅合了先秦古籍《莊子．內篇．逍遙遊》的哲思，追求人生的真正意義。一位對自身價值產生懷疑的青年，忽逢奇遇，發現自己與虎將神話有所關聯，命運從此改變，最後通過大自然種種考驗，由凡人蛻變成虎將，守護大地。

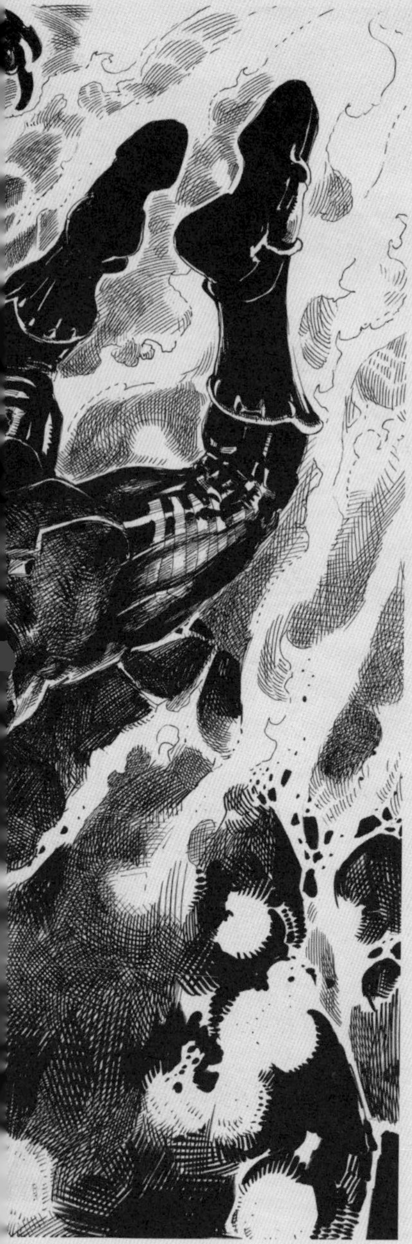

阿修羅與絕天地通

另一位故事時常提及的英雄，就是印度戰神「阿修羅」。他是被逐出天界的神明，為尋找回到天界的天梯，不斷與命運對抗。神明墮落人間，在亞洲各地都有類似神話，就如中國的「絕天地通」。相傳，上古中國是人神共處的世界，顓頊登上帝位的第一件事，就是派遣天神重和黎，把天地之間的通道截斷。從此，神與人分隔天和地，雖然天上的神仍可以通過法力下凡，但地上的人卻再也沒有辦法上天了。印度異能英雄的故事套用「絕天地通」概念，令劇力加強。

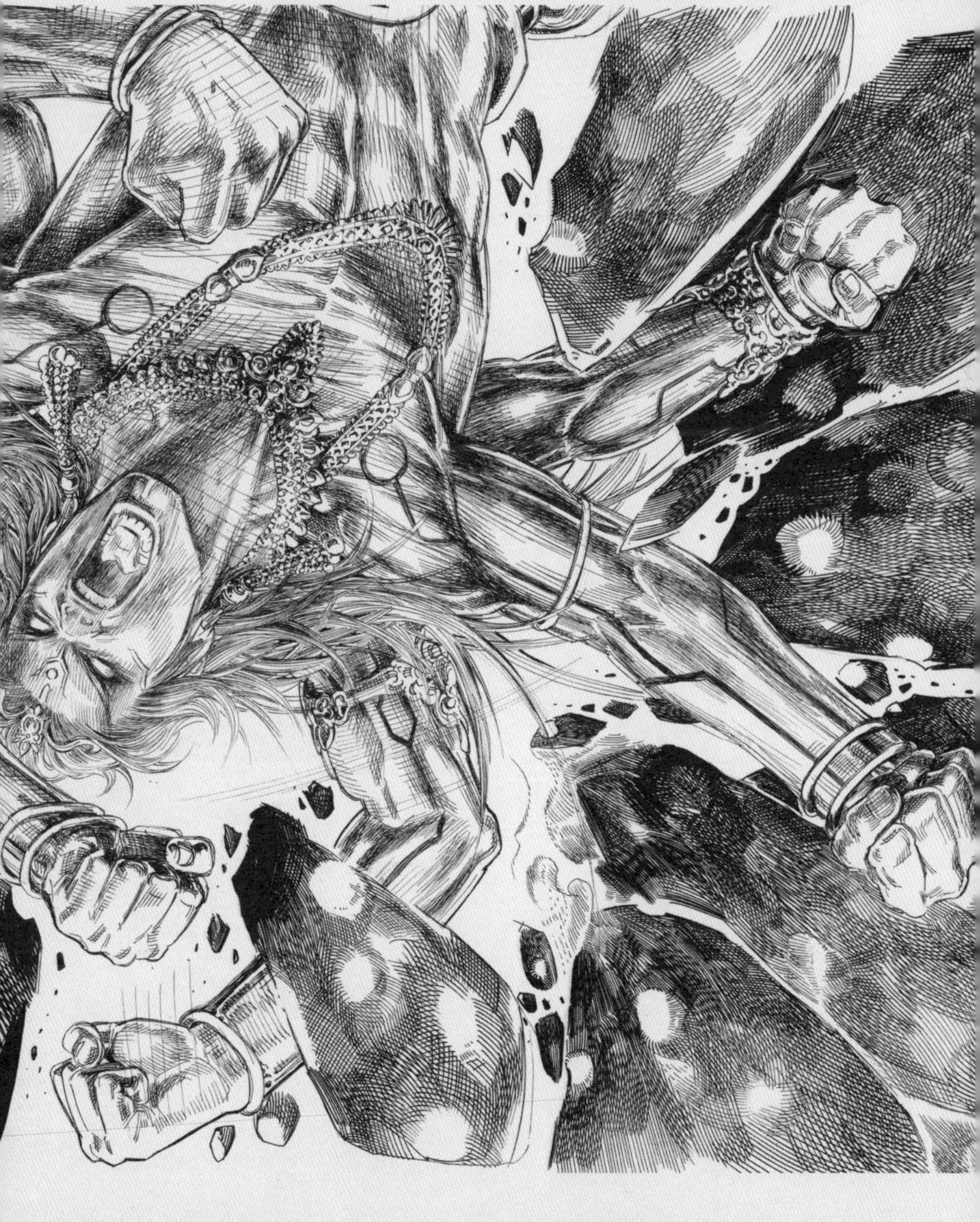

陰陽師與陰陽五行

陰陽師，靠著日本作家夢枕獏的同名大作，成為亞洲奇幻文學的標誌職業。然而，陰陽師並非古代日本獨創，而是陰陽五行學說於中國隋代傳入日本時所產生的官職。他們通過修習陰陽道，從事占卜、風水、天文觀測和制定曆法。後來，陰陽師的職責逐漸超越律令範圍，涉及預言、巫術和祭祀。中世以後，在民間進行預言、占卜、捉妖伏魔等的人也被稱為陰陽師。而在《天火傳》中出現的陰陽師，來自江戶時代，與當時的鬼怪傳說有著密不可分的關係。

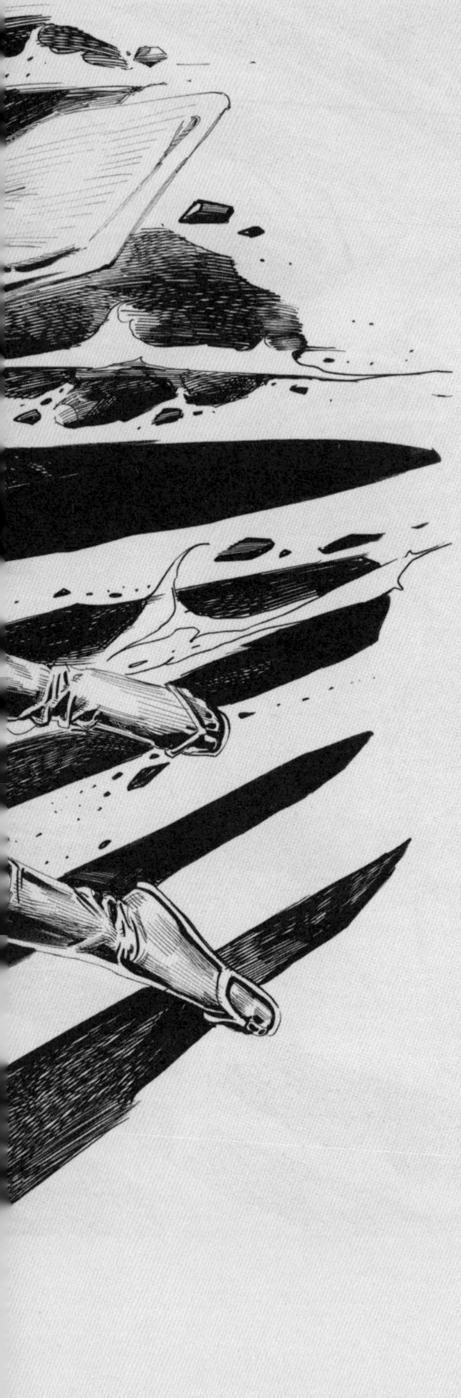

夜照師與北斗七星

螢火蟲是一種會發光的甲蟲，中國古代醫書記載了很多別稱，如景天、夜照、耀夜、宵燭等等；古書亦云，螢火蟲在黑暗中能照出危機所在。同樣，漫天星宿中最為人熟悉的北斗七星，也是指引方向的明燈。台灣異能英雄「夜照師」以書本和螢火蟲為伴，一天發現了台北都市傳說「北斗七星陣」的真相，於是尋找暗藏市內的北斗七星星點，展開一場追蹤中國古人智慧的歷險。

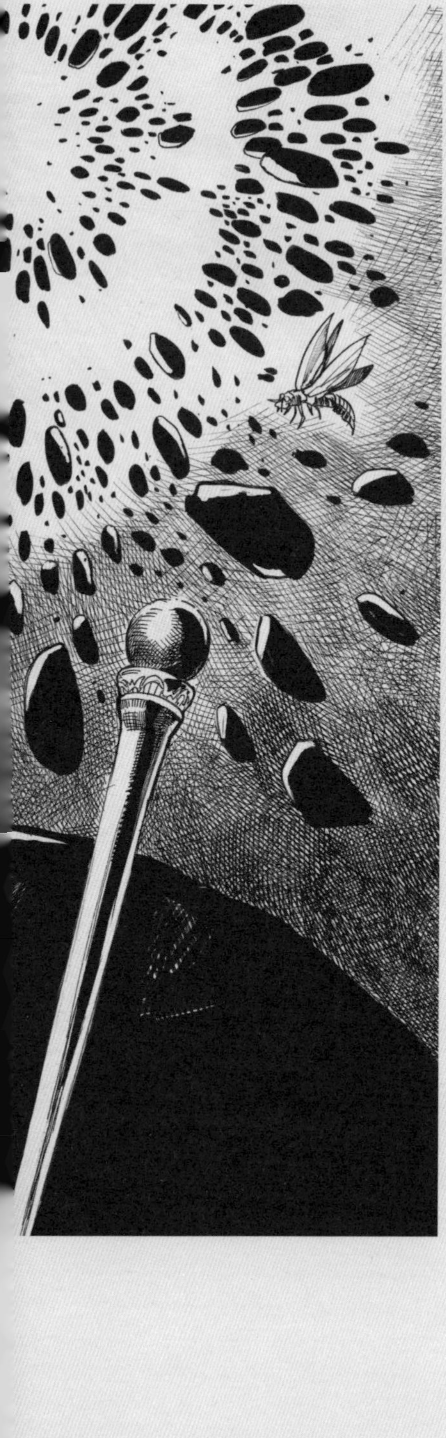

Making Books

獬與《山海經》

在韓國首爾的黑森林中出現的「獬」，是中國《山海經》記載的奇異生物，雖然面目恐怖，不過確實是公正和法律的化身，能夠明辨是非。古代至今，不少司法機關的門前都有獬的石像。在韓國，消防隊會崇拜這頭神獸，相傳牠不怕火，可保佑消防員。此外，韓國的金融機構也會放置獬的神像，因為傳說獬會吃掉貪婪的人，代表廉潔及公正。

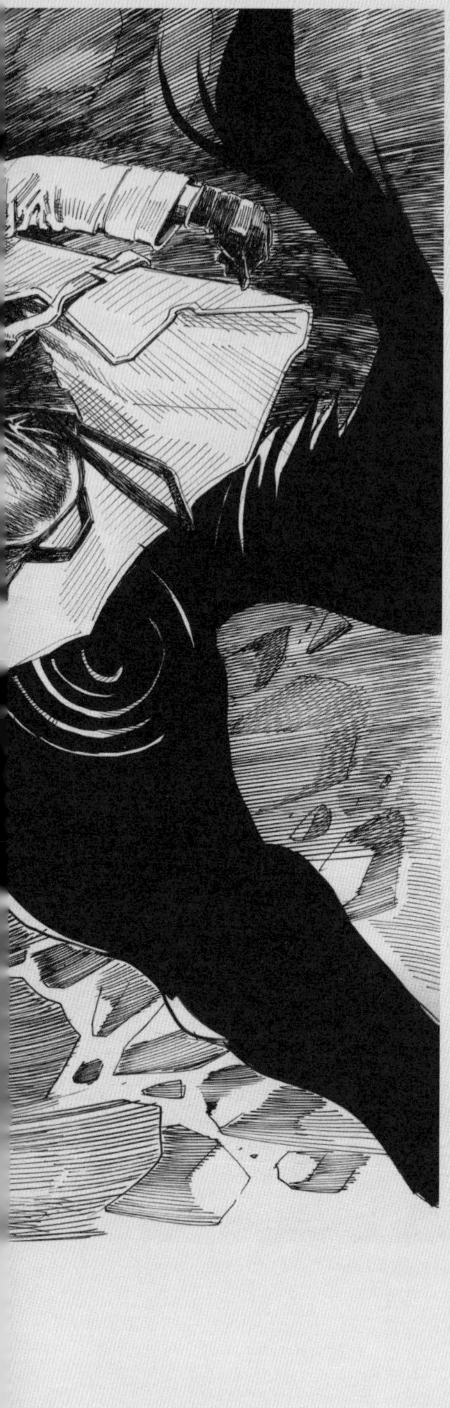

夜叉與古壯族拳

根據泰國古書記載，泰國佛寺的守護門將「夜叉」，長相兇惡，身穿盔甲，手持法劍，利用神之武術——古泰拳法，阻止一切妖魔鬼怪靠近聖地，保護人類平安。在創作上，加入泰拳源於中國古壯族的壯拳之說，南明的民族風物志《赤雅》有云：「狼兵鷙悍，天下稱最。」正是指使用壯拳的狼兵——壯族人剽悍無比，令敵軍聞風喪膽。其後，壯拳傳遍暹羅、緬甸及越南等地。

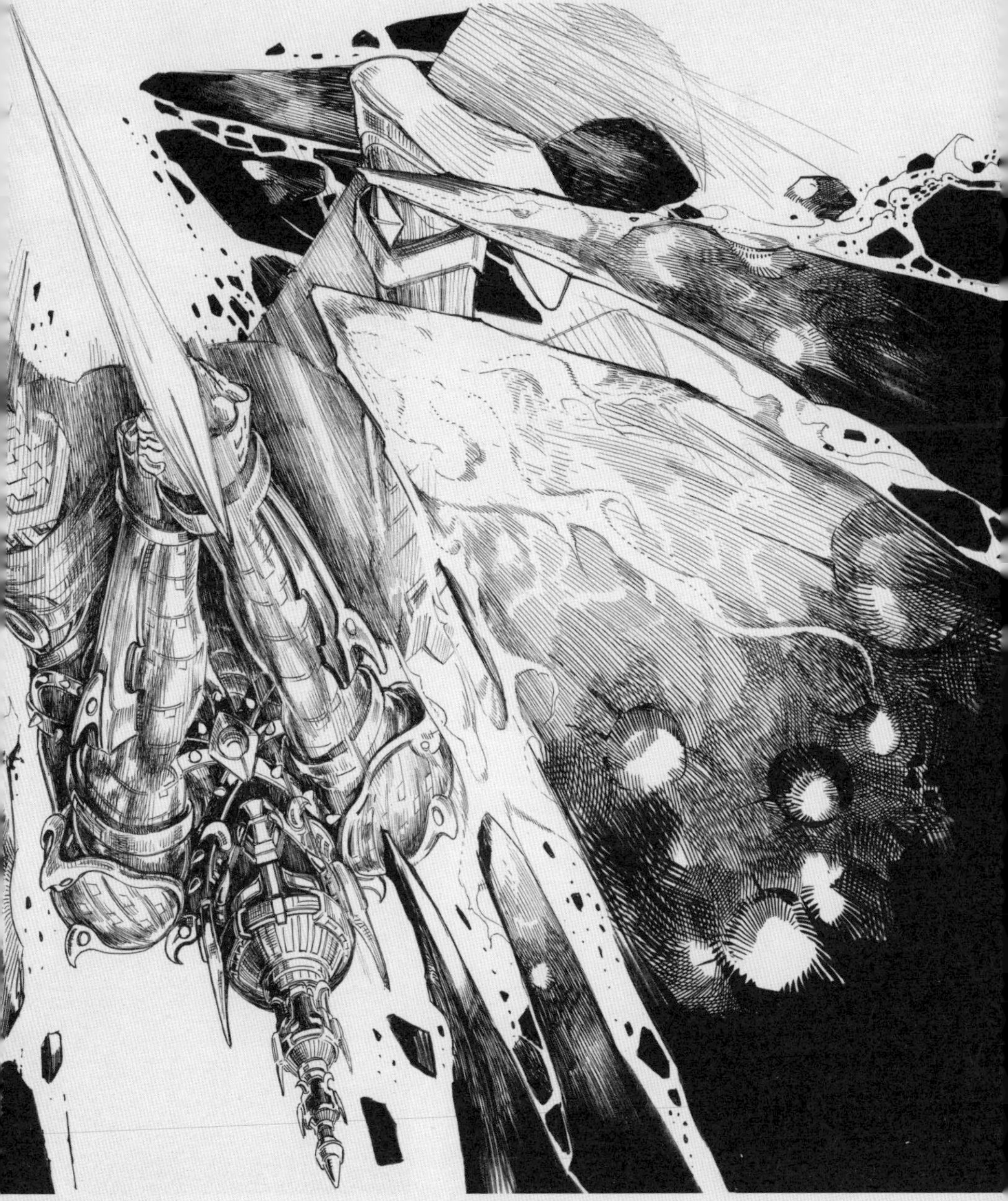

劉德華　主創

吳家強　張志偉　曹志豪　著

責任編輯　寧礎鋒
書籍設計　姚國豪

出版　P. PLUS LIMITED
香港北角英皇道四九九號北角工業大廈二十樓
20/F., North Point Industrial Building,
499 King's Road, North Point, Hong Kong

香港發行　香港聯合書刊物流有限公司
香港新界大埔汀麗路三十六號三字樓

印刷　美雅印刷製本有限公司
香港九龍觀塘榮業街六號四樓A室

版次　二〇一九年七月香港第一版第一次印刷

規格　特十六開（150mm × 210mm）二七二面

國際書號　ISBN 978-962-04-4500-2